HackerMan

Circle (the beginning)

Purtschert Stephan

**Wirtschaft-
Psycho-
Thriller**

BOOKS on DEMAND

Bibliografische Information der Deutschen Nationalbibliothek: Die Deutsche Nationalbibliothek verzeichnet diese Publikation in der Deutschen Nationalbibliografie; detaillierte bibliografische Daten sind im Internet über http://dnb.dnb.de abrufbar.

© 2013 *Name des Autors/Rechteinhabers* **Purtschert Stephan**

Illustration: **Stephan Purtschert**
Übersetzung: **Stephan Purtschert**
weitere Mitwirkende: **Stephan Purtschert**

Herstellung und Verlag: BoD – Books on Demand, Norderstedt

ISBN: 9783744818636

Autor Purtschert Stephan

1.Einleitung

14.November 2017 in Detroit. Eisiger kalter Wind zieht vom Atlantik her durch die Stadt und die letzten beharrlichen Herbstblätter fallen auf den Boden.

Es ist nur noch eine Frage der Zeit, bis die Temperaturen weiter sinken, bis die ersten Schneeflocken fallen und der Winter das Zepter voll und ganz übernimmt.

Um 20.00 Uhr begannen die Detroiter Nächte, ein bekanntes Nacht-und Herbstfestival. Nicht nur die Kälte hat die Stadt im Griff, sondern auch die laute dröhnende Musik an verschiedenen Orten wie am, Little Caecars Arena, Comerica Park, Lafayette Plaisance Park...

Kurz vor 2.00 Uhr in der Nacht sind noch einige hartgesottene Detroiter am Feiern, als Punkt 2.00 Uhr ein lauter dumpfer Knall für kurze Zeit die andauernden Festivalgeräusche unterbricht, genau an der Ecke Kirby Street und Beaubien Street am Peck Park.

Dann, alsbald eine grosse Staubwolke in die Höhe schoss und die Nacht vor Ort in absolute Dunkelheit tauchte.

Direkt, und in der Nähe des Ereignisses, suchten die Menschen panisch den Schutz in und um den Gebäuden.

Die Staubwolke zog sich mit dem Wind nach westlicher Richtung hin. Nach einigen Minuten erklangen die Sirenen der Polizei, Feuerwehr und der Sanität.

Am 15.November um 1.00 Uhr in der Nacht, fährt Francis Tenner erleichtert, aber tiefst plagendem Gewissen, mit leicht überhöhter Geschwindigkeit auf dem Highway 94 Richtung Chicago.

Am 15.November um 2.28 Uhr nimmt endlich der Kriminalinspektor Jean Kavalerie der Detroiter Polizei, bei fluchenden Worten, den Hörer neben dem Bett auf dem Nachttisch von der Gabel ab.

Am 15. November um 3.08 Uhr sitzt erstarrt Jim Stayli von der Bläckybank&Investchase Groupe vor dem Fernseher, als der Westernfilm durch die aktuellsten Nachrichten unterbrochen wurde.
Die Gedanken schossen nur so durch den Kopf, als er die Zusammenhänge begriff, als die Reporterin über den Einsturz eines Wohnblockes in direkter Nähe vom Peck-Park in Detroit berichtete.
Komplett einen Anschlag auszuschliessen ist zurzeit nicht möglich, sprach die Reporterin weiter, aber man geht davon aus, dass der alte marode Block aus dem 18. Jahrhundert von selbst in sich zusammenstürzte.
Jim empfand ein Gefühl von Wut und Erstaunen als aus seinem Mund der Satz klang.
„Verdammt noch mal, Das kann doch nicht wahr sein, unmöglich."

15.November um 6.55 Uhr morgens. Don Brenner sah die neusten nationalen und internationalen Nachrichten beim Kaffee sitzend, schon Berufswegen, als ihm ein ungutes Gefühl bei der Berichterstattung über das in sich zusammengestürzte Gebäude in Detroit erschlich, woraufhin er kurzerhand Jim Stayli anrief.

15.November um 7.12 Uhr morgens. Versucht Wany Sommerset, CEO von der DCNight Chase&Co vergeblich Don Brenner anzurufen, da vorweg das Besetztzeichen erklingt.

2.Sen Kanter

Samstag, der.4.November, fünf Uhr. Sen Kanter ‚32 Jahre alt, dunkel-schwarze Haare, drahtig, schlank und gutaussehend, bereitet sich, wie jeden morgen früh zur Arbeit vor, wie die meisten Leute auch, nur heute ist Samstag, er muss einige Überstunden schieben.
Vor dem heissen Kaffee sitzend in der Küche, draussen stockdunkel, fragt er sich warum er nur so früh geheiratet und Kinder bekam. Seine Antwort beruhigte ihn, denn er liebte seine Frau und seine 3 Kinder, James, Tanja, und Seigar.
Was ihn aber am meisten belastete, waren immer die gleichen monotonen Arbeiten, immer die gleichen Bewegungen und Arbeitsabläufe, zudem war sein Kopf immer leer, da er keine Überlegungen, Gedankengänge usw. bei der Arbeit vollzog.
Ihm kamen die Fliessbandarbeiter im 19+20 Jahrhundert in den Sinn, wobei das heutige Gesundheits- und Arbeitsamt, sogar die Gewerkschaften mitteilten, wie grosse Fortschritte und Errungenschaften hinsichtlich Arbeit, Sicherheit und Arbeitsmoral in der heutigen Zeit unternommen wurde.
Mit diesen Argumenten wurde die Bevölkerung durch die Politik abgespeist, mit dem Irrglauben, die Leute wären so dumm.
Was sagen, oder meinen denn die

heutigen Experten, zu dem heutigen alltäglichen Stress? Das Gleiche mit den ewigen versteckten Steuererhebungen für den kleinen Mann.

Bei diesen frustrierenden Gedanken konnte er nur innerlich fluchen, steckte sich eine Zigarette an, mit dem Bewusstsein, dass er gerade noch mal vom Staat abkassiert wurde, wobei seine Gedanken automatisch zum Thema Rauchen kamen.

Rauchen wurde bestraft, mit bestem Gewissen Tabaksteuern vom Staat erhoben. Ja genau die Raucher, verursachen riesige Gesundheitskosten durch ihre Krankheiten. Rauchen ist tödlich und verkürzt das Leben um einige Jahre.

Aber im Gegenzug wird nicht erwähnt, dass durch diese sogenannten Raucher, durch frühzeitiges ableben, natürlich am besten gerade nach dem Rentenalter, keine Alter- und Pensionsleistungen über Jahre hinweg beziehen.

Irgendwann werde Ich Sen Kanter es schaffen aus diesem Job auszubrechen, wie er dies aber anstellen möchte, ist ihm, immer noch ein Rätsel.

Ja, Bücher kaufte er, nicht wenige, wie zum Beispiel mit den Titeln: Vom Tellerwäscher zum Millionär, Gold suchen an den bekannten Orten der USA, als Kläger durch einen Anwalt reich werden.

Wie die Geschichte mit der Frau, welche die unterkühlte, fast eingefrorene Katze in die Mikrowelle schob um sie aufzuwärmen.

Den Knopf Durchgaren drückt, später erstaunlicherweise den Tod Ihrer Katze feststellte, und dazu skrupellos die Ambulanz

alarmierte.
Wobei die Sanitäter kopfschüttelnd eine tote Katze
in der Küche vorfand.
Anschliessend wird das ganze fachmännisch
protokolliert, der Frau für 2000 Dollar in Rechnung
gestellt, wobei die ärgerliche Frau, umgehend den
Anwalt kontaktiert, welcher wiederum eine Klage
einreicht.
Die Frau bekommt durch den Verlust ihrer geliebten
Katze eine Abfindung mit einer 6-Stelligen Zahl.
Das Urteil wurde dahin begründet, dass keine
Warnhinweise in der Bedienungsanleitung standen
für die Katze.
Als ob die Katze lesen könnte.
Sen kam natürlich gleich der Gedanke, er könnte mit
einem Hund dasselbe tun und das grosse Geld
verdienen, bis er in der neusten korrigierten
Bedienungsanleitung sah, mit dem Allgemeinbegriff,
keine Tiere ...
Er vollzog noch viele Gedanken, brachte noch viele
Ideen zu Stande mit der Mikrowelle und anderen
Küchengeräten, ja er hatte auch genügend Zeit
während seiner verdammten monotoner Arbeit.
Wobei er feststellte, dass Sen seine Frau Sarah,
mürrisch machte, mit seinen vielen fixen Ideen mit
den Küchengeräten, Mikrowelle, Mixer, Kochherd,
Geschirrspüler, Maschinen aus dem
Handwerkerbreich, um Reich zu werden.
Es gab mal eine andere Zeit im Leben von
Sen Kanter, in den jungen Jahren, wo er gradlinig auf
dem aufsteigenden Ast war, mit der Zukunft einer

genialen Sportkarriere, mit der Lieblingssportart Nr.1 in Amerika.

Die Chance berühmt und reich zu werden waren so nah, so nah, sogar sehr nahe.

Seine Träume im finanziellen Bereich zu erfüllen mit schnellen Autos, Villen, Reisen wohin er will, einkaufen was er möchte. Sah sich schon mit einem roten Lamborghini. Würde die Strassen verunsichern und an er Küste im Abendlicht entlang driven mit einer schönen Frau zur Seite, dazumal wie heute, natürlich mit Sarah.

So schnell wie er den Ast bestieg, umso schneller stieg er den Ast wieder runter, besser gesagt er fiel mit rasantem Tempo, der direkten Linie im freien Fall.

Dazumal war Sen unglaublich sportlich und im American Football eine Ass.

Er war drahtig, wendig, biegsam, schlieferig wie ein Aal, strotzte nur so von Energie.

Die 100 Meter rannte er unter 12 Sekunden.

Die Football-Mannschaft Boston Racer gewann in Dallas vor 8000 Zuschauer die nationale Jugendmeisterschaft gegen die Chicago Bulls.

Er, Sen als Quarterback, führte und dirigierte die Mannschaft mit Elan und brachte den Erfolg im Final in letzter Sekunde.

Sogar die Medien waren beim Finale zu Gegend, was nicht üblich war bei der Jugendmeisterschaft im American Football. Schrieben kleine Artikel in den National bekannten Zeitungen wie; The Boston Globe,

The Dallas Morning News, New York Post...
In der Bostoner Zeitung, The Boston Globe, schaffte es die Mannschaft auf die Titelseite mit Fotos.
Eine ganze Seite wurde im Sportteil verwendet, wo der phänomenale Sieg der Bostoner Racer zitiert wurde, mit etlichen Bildern.
Sogar eine Nahaufnahme mit Sen Kanter, wie er den Pigskin, im letzten Moment ins End setzte.
Talentsucher der American Football Branche waren schon längere Zeit auf Sen aufmerksam geworden, aber mit dem Finalsieg kam schlussendlich der Durchbruch.
Etliche Offerten und Angebote von Mannschaften der Profileague füllten seinen Briefkasten, mit finanziellen Zusagen wovon Sen nur so Träumen konnte.
Sportagenten und dubiose Geschäftsherren klingelten an seiner Tür und besuchten ihn willkürlich zu Hause auf.
Sarah bewunderte Sen, kam wann immer möglich zu jedem Spiel.
Seine Schulkameraden und Schullehrschaften feuerten ihn an.
Sarah war komplett das Gegenteil von Sen.
Sarah war Intelligent, Intellektuell, kreativ und die Klassenbeste, was man von Sen nicht sagen konnte.
Er war der Klassen Schlechteste, nur der Sport zählte.
Sarah mit ihren funkelnden, intelligenten blauen Augen, grossen Wangenknochen, schwarz rötlichen Haaren, 1.78 Gross und einer Figur eines Models.

Zwischen Sen und Sarah funkte und sprühte es nur so von Liebe und Zuneigung.
Das Vorzeigetraumpaar in der Jugendzeit in Amerika.

Eine Woche später nach dem Finalspiel in Dallas, platzte dann die Bombe, als Sara am Abend im Bistro, Sen mitteilte, sie sei seit einem Monat Schwanger.
Sen verschlug es zuerst die Sprache, war aber trotzdem zuversichtlich, da er trotzdem seine Sportlerkarriere fortführen konnte und somit finanziell abgesichert war.
Bis dann die zweite Bombe platzte, als er gerade mal zwei Wochen später, durch Dummheit einen Baum bestieg und hinunterfiel.
Sen erlitt drei komplizierte Brüche mit mehreren Sehnenrissen an beiden Beinen, was zur Folge hatte, dass er jetzt immer noch leicht humpelte.
Durch zwei schwere körperliche und emotionale persönliche Treffer leitete er das Ende seiner Sportkarriere durch unvorhergesehenes Eigenverschulden selbst ein.
Es war eine schwere Zeit für Sen, zum ersten Mal musste er in seinem Leben eine schwere Lebenskrise überwinden. Er war ganz unten angelangt.
Er wurde Vater, ohne Ausbildung und musste sich zwangsläufig einen Job suchen, um die zukünftige Familie zu ernähren.
Von ganz Oben, im Sturzflug nach Unten.
Sen brauchte eine lange Zeit, Dies zu Verdauen.

Zudem machte Amy Sorotto, die Mutter von Sarah, ihm die Hölle heiss bis zum heutigen Tag. Amy verlangte die Abtreibung, wobei Frau Sorotto bei ihrer Tochter auf Granit stiess.

Frau Sorotto konnte mit Sport gar nichts anfangen, akzeptierte Sen nur so lange, wie Sen erfolgreich war, mit der Zukunft auf Geld und Ruhm. Frau Sorotto wollte und bestand darauf, dass ihre begabte Tochter, auf eine der angesagten Eliteuniversitäten im Lande ging, was ihr immer verwehrt war.

Sarah besuchte dann auch tatsächlich eine Universität, für fast ein halbes Jahr, als sie alsbald zum zweiten Mal schwanger wurde. Frau Sorotto konnte es nicht fassen und in beiden Familien eskalierte sich die Situation.

Zwischen der Mutter und der Tochter tat sich ein grosser Spalt auf, sprachen auch eine lange Zeit nicht mehr miteinander.

Zum guten Glück war der Vater von Sarah, das pure Gegenteil von seiner Mutter, nahm die Situation Gelassen an, wie die Eltern von Sen, und unterstützten ihn in allen Bereichen.

Sarah war ein Schatz, gab ihm Kraft und Mut bis zum heutigen Tag, um einen neuen Weg einzuschlagen.

Diese Gedanken schossen Sen durch den Kopf, erblickte halbwegs die Uhr an der Wand und erwachte aus seinen Tagträumen.

Er war absolut zu spät dran. Sen raffte sich mit einem Ruck vom Stuhl auf, packte den Schlüsselbund vom Tisch, trat durch die Tür aus dem Haus, als ihm die eisige Novemberkälte wie eine Faust ins Gesicht schlug.

Draussen stand sein frisierter 600 PS starker Ford Mustang, überdacht von einer Balkenkonstruktion, wo er vor einigen Wochen angefangen hatte zu bauen. Die grosse zukünftig beheizte Garage fungierte als Werkstatt und als Zuhause, für seinen Ford Mustang.

Nach seinem Aus, im Sport, fand er bald ein Hobby: tüfteln, frisieren und basteln an seinem alten, dunkelblauen Ford Mustang, Jahrgang 63.

Dieses zeitraubende Hobby, verringerte seine Frustration in der schweren langen Zeit und hielt ihn über Wasser.

Sen startete den frisierten starken Motor, im Verdruss seiner Nachbarn, mit der Wirkung, dass am frühen Samstagmorgen, die Lichter teilweise in den Häusern im Strassenzug angingen.

3. Dr. Karl Westermann

Am 3 November, kroch schwerfällig Karl Westermann, Topmanager und CEO der Deutschen Spar&Anlagenkasse, aus seinem Bett. Das Meeting in London mit anschliessendem Essen mit Wein bis spät in die Nacht hinein, setzte ihm zu. Karl Westermann, 56 Jahre, brauchte eine Weile bis er feststellte, dass er sich im Hilton Hotel befand, spürte noch den Alkohol in seinem Körper, welcher sich langsam aus seinem Körper wand. Er war seit genau 10 Jahre an der Spitze der Bank, dazumal mit 46 der jüngste CEO in der Geschichte des Konzernes. Er war geradewegs gesagt, ein Vollblutbänker mit zwei Doktortiteln in Wirtschaft und Recht. Karl ein Energiebündel, schlank, gross, smart, gutaussehend, markante Gesichtszüge, vorstehendes Kinn, dunkle pechschwarze Haare. Durch seine legeren, smarten Bewegungen und Aussehen, schätzten die Leute sein alter viel Jünger ein, wobei ferner, zahlreiche Angebote der Frauen nicht ausblieben. Trotz Heirat, nutze er seine Macht und sein Aussehen aus, für körperliche Liebe, was teils zu komplexen Verstrickungen führte. Dr.Westermann, brachte die Bank innerhalb einem Jahr mit Riskantem Know-how, wieder in die schwarzen Zahlen, und somit wieder auf den richtigen Kurs und an die Spitze Deutschlands.

Nicht nur Dies, sondern die Bank erzielte jedes Jahr steigend Milliardengewinne, der Umsatz stieg enorm, der Aktienkurs schoss in die Höhe, was wiederum die Anleger freute.
Karl Westermann war einfach ein Topmanager und ein Genie seines gleichen.
Er fragte sich manchmal ob der
Wahnsinn grösser war, als seine Genialität.
Seine wiederkehrenden Alpträume beschäftigen Karl immer mehr. Immer der gleiche wiederkehrende Traum, wo er in einem Casino, ganz klein, so gross wie eine Schachfigur, in einem Roulettetisch, genau gesagt im Roulettekessel stand. Die Roulettekugel machte ewige Kreise, bis tatsächlich die Kugel mit grossem Tempo auf ihn zuraste und ihn mitriss. Er landete mit samt der Kugel auf die Zahl null, wobei das Zahlenfeld nicht grün war, sondern rot.
Er interpretierte den Alptraum als schweren geschäftlichen, sowie auch privaten Niedergang.
Als Null sah er sich selber.
Die Null stand Symbolisch zum Beispiel, für kein Verdienst, kein Gewinn, kein Ruhm und Anerkennung...
Das rote Zahlenfeld, bedeutete, die Bank stand in den roten Zahlen.
In der Realität war es nur ein Albtraum, nicht mehr und nicht weniger, er sah einfach die Tatsachen und Fakten wo er heute stand, auch wenn er wissentlich, vielmals über das Ziel hinausschoss.
Dies war seine Persönlichkeit und Dies zeigte sich am Erfolg, keine Frage, für innerliche Diskussionen.

Nicht nur der Verwaltungsrat, sondern auch von Berufskollegen in den höchsten Positionen anderer internationalen Konzernen, besass Dr.Westermann sehr grosse Anerkennung, abgesehen von den vielen Neidern, welche zahlreich vorhanden waren. Karl genoss das grosse Vertrauen des Verwaltungsrates und der Anleger, erhöhte somit jedes Jahr seinen Lohn selber, welcher jetzt bei 60 Millionen im Jahr stand. Karl konnte agieren, tun und lassen was er wollte, und den Konzern führen wie es ihm beliebte, er hatte absolute Freiheit.

Sein eigenes Vermögen setzte er an der Börse ein, in dem Wissen, dass die Aktienkurse stiegen, da er skrupellos die Börse manipulierte und unerlaubtes Insiderwissen zu Hilfe nahm, wobei er sogar die Insider selbst manchmal manipulierte für seinen Vorteil und Gewinn, da kannte er nichts.

Zusätzlich mit den grossartigen Gewinnen vom Circle, wurde Dr.Westermann wirklich reich, dank Don Brenner, das Vorbild und Finanzgenie aller Zeiten.

Karl liebte die Macht, das Geld, den Luxus, Frauen, Wein. Aber seine grösste Schwäche war das Gold.

Er hatte sogar neben seinen gutbetuchten Weinkeller, einen riesigen begehbaren Tresor in seine Villa bauen lassen, nur für sein allerliebstes Gold.

Er sammelte Goldbarren, Münzen, Schmuck usw. mit teils historischem Hintergrund von versunkenen Fregatten aus dem Mittelalter, aus der Römer und Nazizeit und anderen Zeitepochen.

Sowie auch Skulpturen, Statuen, Bilder, Vasen, jegliche Kunstschätze aus Gold aus aller Welt. Seine Sammlung nahm eine unglaubliche Dimension an, er dachte schon über einen zweiten Tresorraum nach.

Zahlreicher Goldschmuck trug Karl an seinem Körper, im Wert um die 45 000 Dollar, je nach Goldkurs und Anlege, wobei er nie ohne Diesen aus dem Haus ging.

Ein Ritual, ohne Gold läuft nichts, dachte er manchmal.

Er gestand sich durchaus, dass er das Gold mehr liebte, als seine eigene Frau.

Wenn Karl sich entscheiden müsste für das angesammelte Gold oder seiner Frau, würde er sich für das Gold entscheiden, die Sexualität konnte er sich anders wo beschaffen. Die Liebe, stellte für ihn eine Schwäche des Menschen dar. Für ihn galt schon seit jeher der Profit und die Macht an der obersten Stelle.

Seine Frau, betrachtete er eher als ein Muss in seiner Position, obwohl er mit seiner Frau, zwei Kinder zeugte, welcher Karl selten sah. Auch in der Erziehung seiner Kinder spielte er keine Rolle, da er die meiste Zeit abwesend und im Ausland war.

Während Karl seine Hose anzog, klingelte sein Handy in seinem Jackett. In akrobatischer Stellung nahm er das Gespräch entgegen, wobei er sich weiter anzog.

„Hallo Karl, hast du gut geschlafen? Um es kurz zu halten, es gibt schlechte Nachrichten Betreff dem Jet, unglaublich aber wahr, die Elektronik ist ausgestiegen, das Flugzeug ist nicht mal ein Jahr alt."

Samuel D. Jeffri war der Pilot. Mit ihm hatte er den Ultra Long Range Jet die Gulfstream G550 ausgesucht für die deutsche Bank, mit einer Reichweite von über 12 000 Kilometer.

Wie es seine Art war, wurde das Flugzeug mit jeglichem Komfort und Luxus ausgestattet, welches auf dem Markt zu kaufen gab, ohne Limitkosten.

Der Konzern zahlte ja. Samuel und Karl wurden dicke Freunde, da sie doch etliche Zeit durch das Fliegen und Reisen miteinander verbrachten als mit den eigenen Frauen. Karl bestimmte wer den Jet benutzen durfte.

„Samuel erzähl mir keinen Scheiss", Ausdrucksweise, welcher Samuel selten von seinem Chef hörte.

„Du weisst, ich habe ein sehr wichtiges Treffen am nächsten Tag in Boston, wobei ich nicht fehlen darf. Der Jet muss startklar sein", ihm fiel sogleich der Brief ein, welcher per Express in sein Büro verschickt wurde vom Präsidenten des Circles, zugleich Verwaltungsratspräsident der Bläckybank, mit der Mitteilung hohe Priorität, am Anfang der Seite gross in seiner verhassten Farbe Rot geschrieben.

„Ich weiss, ich weiss, was soll ich tun, habe den Hersteller angerufen und habe ihnen Dampf gemacht, sie schicken ein Team welche die Reparatur vornehmen."

„Samuel, wann genau schicken sie das Reparaturteam?"

„Verdammt, ganz genau nach der Uhrzeit habe ich nicht gefragt."

„Samuel gib mir die Telefonnummer vom Hersteller, ich werde Diesen sofort anrufen und dir dann mitteilen über das weitere Vorgehen, es ist unheimlich wichtig.

Ich darf die Sitzung in Boston auf gar keinen Fall verpassen."

Nach nachdrücklicher Kommunikation mit dem Hersteller, wobei er vorher die Sekretärin schroff zurechtwies, und klar machte wer überhaupt am Telefon war, wurde er direkt zur Führung geleitet.

Es wurde vereinbart, dass per sofort ein Reparaturteam nach London geflogen wurde und versprochen die Golfstream spätestens in einem Tag Abflugbereit war.

Er wählte die Nummer von Samuel" Soweit ist alles klar" und gab ihm die Informationen weiter.

„Ich hoffe du hast in dieser Zeit einen Privatjet gemietet?"

„Tut mir leid Chef, konnte keinen Einzigen organisieren, da anscheinend an diesem Wochenende überall Events stattfinden und die Privatjets für Langstrecken ausgebucht sind."

„Ich hoffe die Pechsträhne hält nicht den ganzen Tag an", gab verärgert Karl zur Antwort.

„Ich habe dir einen Platz in der Firstclass bei der American Airlines reserviert, nach Boston."

„Also gut geht nicht anderweitig, muss halt so sein. Jedenfalls Samuel bleibst du in London und fliegst mit der Golfstream so bald wie möglich hinterher, auch nach Boston. Ich möchte, dass der Jet wieder voll zu meiner Zufriedenheit verfügbar ist."

Dr.Westermann war auf dem Flughafen London Heathrow angelangt, hatte grösstenteils den Check IN hinter sich, stand nun in der Menschenschlange vor der Sicherheitsschleuse.

Stellte sein Businesskoffer auf das Förderband, durchlief die Schleuse, als gleichzeitig das
Warnsignal erklang.

Er zog seine goldene Halskette und seine goldene Uhr ab, woraufhin Karl wieder die
Sicherheitsschleuse durchschritt, wobei wieder das Warnsignal angab.

Er zog aus seiner Hosentasche, seinen Glücksbringer, einen kleinen Goldbarren aus der Tasche, und zog die goldene Fusskette ab.

Hinter sich vernahm er das beginnende Flüstern der Leute.

Durch mehrmaliges durchlaufen der
Sicherheitsschleuse mit dem gleichen Resultat,
wurde der junge Sicherheitsbeamte nervös und sprach kurzentschlossen in seinen Funk hinein, wo folgend zwei Sicherheitsbeamte auftauchten und somit Herr Dr.Westermann angewiesen wurde,
Diese zu begleiten, zu einem Kontrollraum.

Nach etlichen Diskussionen und einer
Leibesvisitation, wo nochmals etlicher goldener Schmuck, zum Erstaunen der Beamten zum

Vorschein kam, telefonierten die Beamten mit ihrem Vorgesetzten, welcher den nächsten Vorgesetzten anrief, bis das Telefonat zur Direktion der Zollbehörde gelangte.

Die gleichen Telefonate gingen folglich rückwärts, wobei sich die Beamten per forma bei Dr.Westermann entschuldigten, mit der Begründung der Sicherheit und Schmuggel usw..

Jedenfalls musste Karl, eine Sicherheitskaution von 10 000 Dollar hinterlassen,

welche er nach der Rückreise in London erstattet bekam, wenn die aufgelisteten Gegenstände alle samt vorgewiesen würden, ansonsten ging er das Risiko ein, zusätzlich zu den 10 000 Dollar Zollkosten, eine saftige Busse zu kassieren, welche um das X-Fache der Summe war.

Diese Abmachung wurde von der Zolldirektion Angewiesen, mit der Rücksicht Betreff der Position die Dr.Westermann innehatte, ansonsten wäre die Angelegenheit anderweitig abgelaufen.

Karl zahlte somit innerlich fluchend die 10 Tausend Dollar mit der Kreditkarte. Mit rotem Kopf konnte er als Letzter, endlich die Maschine betreten, wo er nebenbei, gleichzeitig in dem Lautsprecher vernahm, dass sich der Flug wegen technischen Problemen nach Boston, um über eine halbe Stunde verspätet.

Zuerst schüttelte Karl den Kopf, bis er nach kurzem Nachdenken den Zusammenhang der Durchsage realisierte, dass die Verspätung nicht wegen technischen Problemen, sondern vermutlich er selber der Grund war.

Er lief dann schnurstracks durch den Gang des Flugzeuges, wo die Passagiere ihn mit kopfschütteln und wütenden Blicken ansahen in die Firstclass, mit den Gedanken, leckt mich doch alle am Arsch.

Karl nahm Platz, schnallte sich an, während das Flugzeug zur Startpiste rollte und die Stewardessen die üblichen Sicherheitsvorkehrungen und den Notausstieg erklärten, kurze Zeit später erreichten sie die maximale Flughöhe.

Karl ergriff zu aller erst die Weinkarte, freute sich auf einen vorzüglichen Wein, nach dem Stress mit den Zollbeamten, als er feststellte, dass nur Fusel angeboten wurde.

Er kontaktierte gleich die Stewardessen, um nachzufragen, ob nicht noch anderer Wein vorhanden sei ausserhalb der Liste der Bordkarte.

Schlussendlich, nach einer Reklamation, immer noch mit rotem Kopf, sass er wohl oder übel in Gedanken versunken mit einem Glas Rotwein da. Die ganzen Umstände waren zurückzuführen Betreff des defekten Jets, der Hersteller und der Verkäufer würden noch was erleben.

Früher flog er beruflich immer mit den Passagierflugzeugen, wo er dazumal noch nicht diese Position inne hatte, aber mit der vielen Arbeit, Verantwortung, Zeitdruck und dem Stress als CEO einer der grössten Banken der Welt war ein Privatjet absolut nötig. Zudem brachte er in den alten Zeiten, wo die Vorschriften der Fluggesellschaften nicht so rigoros gehandelt wurden seinen eigenen Wein an Bord.

Er beschloss, ohne Wenn und Aber, eine Zweite, noch grössere Maschine mit noch mehr Luxus zuzulegen.

4.Don Brenner, Jim Stayli und Jep Den Wipperis

Finanzgenie, Finanzakrobat und CEO
der Bläckybank&Investchase Groupe Jim Stayli
wachte während Dr.Westermann schon im Flugzeug
Richtung Boston war, im Luxuspenthouse der Firma
im 110 Stockwerk in New York auf, erblickte die
Uhrzeit und kam kurzerhand in Stress.
Er schob die Beine und Arme, der drei 1000 Dollar
Nutten zur Seite, um aus dem runden Bett mit den
vier Metern grossen Durchmesser zu kriechen,
wobei kurzerhand seine Geliebten der Nacht
aufwachten, um ihn gleich wieder ins Bett
zurückziehen.
Er hatte jetzt keine Zeit für Spielereien und warf
kurzerhand die protestierenden Frauen aus der
Wohnung.
Die Damen hatten ihre Arbeit verrichtet und ihn vor
den Albträumen dieser Nacht bewahrt.
Jim Stayli war Sexsüchtig, ohne tägliche Befriedung,
konnte er keine Geschäfte vollziehen, da ansonsten
seine Gedanken jeweils zur sexuellen Lust
abschweiften.
Danach rannte er durch das Zimmer eher einer
Turnhalle gleich, Richtung Marmor bestücktem
Duschraum.
Während das warme Wasser über seinen Körper lief,
fragte er sich immer wieder was es mit dem Treffen
in Boston auf sich hatte, wobei seine Gedanken

zwischendurch zu den sexuellen Aktivitäten letzter Nacht abschweiften.

Verdammt, konnte der Verwaltungsratspräsident Don Brenner von der Bläckybank sowie vom Circle, ihn nicht gleich persönlich informieren.

Wieso machte er so ein Geheimnis daraus.

Er war immerhin der CEO eines der grössten Finanzinstitutes der Welt, und nicht irgendein Schalterangestellter der Bank, einfach unbegreiflich.

Es wurde ihm lediglich der gleiche Expressbrief wie zu den anderen 30 Mitgliedern verschickt.

Einfach unglaublich, da sie sich mehrmals im Firmenhauptsitz trafen bei der Arbeit, Besprechungen, Sitzungen oder beim Mittagsessen.

Warum sollten sich die Mitglieder vom Circle, nach einem Monat schon wieder treffen, welches in Boston um 14.00 Uhr stattfand. Irgendwas war hoch brisant, er sah es an den Gesichtszügen von Don Brenner an, wenn er danach fragte und keine Antwort erhielt.

Jim Stayli war der Nachzögling von dem bekannten Investmentguru und alternden Don Brenner, alternd ist eher falsch ausgedrückt, da er schon das Alter von 84 Jahren erreicht hatte.

Don war noch einer der wenigen Legenden der alten Garde und Schule der Finanzindustrie der Welt.

Don wurde auf Jim Stayli durch die Presse aufmerksam, wo ein grosser Artikel auf der Hauptseite der Wirtschaft über ihn stand, wie er eine noch nicht so bedeutende kleine Privatbank, nahe am Bankrott, zu einem florierenden Stern im

Finanzhimmel bugsierte.

Dazu wurde erstaunlicherweise, die Bank, noch an die New Yorker Börse geführt, wobei die Aktie, rundum gesagt, mit Hilfe der vielen positiven Presseberichten, nicht unbeachtlich in die Höhe schoss.

Interessanterweise brach das Tageshoch der Aktie nicht ein und konnte sich halten.

Einfach lächerlich dachte sich Stayli, was glaubte Don Brenner wer er war, um was ging es überhaupt an diesem Treffen fragte sich Jim ein weiteres Mal, er konnte nicht mehr abschalten, er regte sich gleich wieder auf, als er sich schon wieder erwischte, als er die gleiche Frage an sich selbst stellte.

Kurzerhand stellte er das Wasser ab, kam in Bewegung, rutschte aus, konnte kurzerhand noch sein Gleichgewicht behalten um nicht noch neben den Türrahmen in die Wand zu knallen.

Das brauchte er allerdings nicht, einen Unfall zu bauen, zu sehr war die Wichtigkeit des baldigen Treffens in Boston.

Das wurde klar, durch das Verhalten, von Don Brenner.

Er rannte zum begehbaren Kleiderschrank und zog Gedankenverloren seinen blauen Anzug an.

Fluchte, als er feststellte, dass er eine rote Hose vom letzten Nachtausflug im Ausgangsviertel, respektive im Vergnügungsviertel, oder genauer gesagt im bekannten Rotlichtviertel von New York angezogen hatte und die Nutten zu sich nach Hause brachte.

Kurzum wechselte er seine Hose. Rannte vor der

grossen Fensterfront mit atemberaubender Aussicht über den Finanzdistrikt zum Atlantik hin und der bekannten Freiheitsstatue vorbei, keine Zeit für einen Blick, und verliess keuchend und schwer atmend das Penthouse durch die Eingangstüre. Mit dem Lift unten angelangt, sah er schon durch die Drehglastüren die wartende, grosse schwarze Limousine.

Der Chauffeur stieg aus, begrüsste ihn und hielt Jim Stayli die Wagentür auf, wobei Dieser nickend einstieg.

Jim Stayli musste jetzt sein Kopf freimachen und schaltete automatisch seine Geschäftssinne ein.

Zuerst begrüsste er lächelnd Don Brenner, und dann Jep Den Wipperis von der Bank Schremsi, welche anscheinend schon genüsslich in den Händen wippend ein Glas Champagner hielten.

Ihm wurde sogleich auch ein Glas von Don Brenner angeboten, welches er dankend abwies.

Er hielt nichts davon, Alkohol vor beginnenden Konferenzen und Geschäften usw.... zu trinken.

Schon gar nichts von Champagner, welches die Nutten zu Hauf in sich hineinschütteten, er nannte das Getränk Nuttendiesel.

Wenn er trank, nur einen französischen Bordeaux nach einem erfolgreichen Geschäft mit seinem engsten Mitarbeiterstab, wobei es ab und zu, auch vorkam, dass der ganze Mitarbeiterstab vom Wolkenkratzer zum Genuss kam.

Er fand die Angestellten sollten direkt erfahren wann ein Erfolg erzielt wurde, nicht erst an Weihnachten mit einer Gratifikation.

So gab es abermals die Situation, dass sogar die Rezeption und die Reinigungskraft vom edlen teuren Wein trank.

Die Sicherheitsbestimmungen vom Staat interessierten Jim Stayli nicht, wenn Top Resultate erzielt wurden, musste man die Leute belohnen, ganz klar für ihn, keine Frage, auch wenn die Mitarbeiter manchmal angetrunken nach Hause kamen. In den unteren Abteilungen wurde teilweise gemunkelt, dass allgegenwärtig in der Führungsetage getrunken wurde, was aber nicht stimmte.

Don Brenner konnte jedenfalls kein Gefallen daran finden, er fand eher Jim übertrieb es und ging zu weit damit. Jim gab Don, immerzu die gleiche Antwort, freue dich einfach, wenn ich und die Mitarbeiter mal ein Glas in der Hand hielten, somit weisst du Bescheid, dass wieder ein erfolgreiches Geschäft über die Bühne ging.

Mit dem edlen Weinen hatten Jim Stayli und Dr.Westermann die gleichen Ansichten, wobei er nicht so viel trank und Dr.Westermann gemeinhin als Alkoholiker ansah. Jedes Jahr erhielten er, sowie Don Brenner die teuersten Weinflaschen von Frankreich zu Silvester von Dr.Westermann zugeschickt.

Die Limousine schlängelte sich in den dichten Strassenverkehr von der Wall Street ein und versank in der glitzernden Stahlschlange von New York

Manhattan, Richtung Flughafen der Privatjets.
Don Brenner hatte beschlossen per Flugzeug zu
fliegen, mit dem Auto betrug die Fahrzeit
ca.3h45min. und mit dem Jet ca.1h weniger.
Jim Stayli beobachtete die Beiden während der
Fahrt, wobei dies nicht gerade auffiel in so einem
beengten Raum. Don Brenner war ein untersetzter,
breitschultriger Mann mit einem leichten
Bauchansatz und grossen Händen,
sowie zum Körper ein wenig überdimensionierten
Kopf mit vertrauenswürdigen stahlblauen Augen.
Vom Aussehen her, würde man Don eher als einen
ehemaligen Bauarbeiter einschätzen, wenn er nicht
diese teuren Designerkleider trug. Don erzählte Jim
schon mehrmals, wie er in der Jugendzeit sehr hart
arbeiten musste um seinen Eltern im Stahlbetrieb
mitzuhelfen. Die Eltern besassen zu wenig Geld um
sein Studium zu bezahlen und konnten sich knapp
über Wasser halten. Durch harte Arbeit und Geld auf
die Seite legen, finanzierte Don sein Studium selber.
Er meinte und teilte Jim mit, wie er durch eine
Eingebung zum Finanzhimmel einberufen worden
war, und wusste schon früh, dass er in die
Finanzwelt eintauchen wollte um an der
bekannten Wall Street zu agieren und
mitzumischen...
Vor allem nicht, den gleichen Werdegang seiner hart
arbeitenden Eltern zu folgen, um immer knapp bei
Kasse zu sein.
Don verglich sich mit dem Papst, welcher auch durch
Gott und die Gläubigkeit einberufen wurde.

Tiefe Falten durchzogen sein Gesicht mit schneeweissen buschigen Augenbrauen und Haaren. Verdammt dachte sich Jim, Don Brenner war über 84, und es war an der Zeit, dass Don in Pensionierung ging, um Jim Platz zu machen.

Am Anfang war Jim, Brenner dankbar, dass er ihn beim Verwaltungsrat zum CEO vorschlug und merkte auch bald, dass Don Brenner zu grosse Macht besass, dass irgendein Verwaltungsratsmitglied Brenner widersprach.

Jim Stayli bewunderte die legende Don Brenner. Unter seine Fittiche konnte er sein Wissen enorm erweitern und die allen besten Kontakte zu hohen Kreisen und Positionen knüpfen wie zu namhaften Politikern, Staatsoberhäupter, Diktatoren, Firmeneigentümer, Milliardäre usw....dafür war Jim Stayli sicherlich Don Brenner dankbar.

Jim Stayli war nun schon seit über 8 Jahren bei der Bläckybank und fing Don Brenner langsam aber sicher an zu hassen.

Alle wichtigen Entscheidungen, sogar teilweise die Kleinen, gingen über den Tisch von Don Brenner, welcher wie festgefressen auf dem Stuhl des Verwaltungsratssitzes sass und zusätzlich die Arbeit vom CEO übernahm.

Schlichtweg war Jim Stayli ein Mann ohne grosse Befugnisse in der höchsten Position in einer der grössten Finanzinstitute der Welt.

Jim Stayli brauchte einige Zeit, wenn nicht zu lange, um zu merken, dass er eher ein Ratgeber und Hand-langer für Don Brenner war, als ein CEO.

Jim Stayli wollte beide Sitze und Positionen, den CEO und den Verwaltungsratssitz, das war klar. Er hatte Albträume vom Versagen und glaubte am gleichen Punkt zu treten, welches zu diesem Zeitpunkt tatsächlich auch so wahr. Um die Realität nicht zu sehen, belog er sich die meiste Zeit selbst, mit der Hoffnung der rechte Zeitpunkt würde bald kommen.

Vielleicht behielt Don Brenner den Posten so lange wie der Papst, oder sah ihn sogar als Vorbild und arbeitete so lange bis zu seinem Ableben.

Jedenfalls war Jim insgeheim daran, mit den langsam auch unzufriedenen Verwaltungsratsmitgliedern zu Verhandeln, über die Zukunft und die Abdankung von Don Brenner.

Der gleiche Typ war Jep, nur sah Dieser, noch viel älter aus, mit seinen 70 Jahren, fast Scheintod, und war im Gegensatz zu Don fast 2 Meter gross.

Er hatte wässrige undurchsichtige graue Augen, war viel zu dünn für seine Grösse und hatte zudem eine schlaksige und schleimige, höhnische Art.

Jim war schon längere Zeit bekannt, dass Don bei der Bank Schremsi, einer der grössten und bekanntesten Privatbanken der Welt, ein grosser Teil seines privaten Vermögens angelegt und gebunkert hatte.

Teil dreckiges und betrügerisches Geld, wobei man von über zwei Milliarden Dollar ausging.

Nach relativ kurzer Fahrt nach New Yorker Massstab, erreichten sie den Flughafen,

und in rund 20 Minuten später waren sie mit dem Jet in der Luft.

5.Chaos am Flughafen Boston

Don Brenner hatte für die Ankunft der Konzernbosse in Boston in kurzer Zeit alles Nötige arrangiert und vorbereitet.
Während der Abendmahlzeit bekam Jeremis Knick-Fender, der Stadtpräsident von Boston, unerwartet von seinem Kollegen Don Brenner einen Anruf am 30.Oktober kurz vor 18.00 Uhr, wobei sich das Gespräch in die Länge zog, durch Begründungen, Erklärungen und schlussendlich mit Anweisungen.
Jedenfalls war Don Brenner eine namhafte Grösse und Persönlichkeit in der USA und in der weltweiten Finanzindustrie der Welt, zudem ein geschätzter Kunde und guter Freund von Jeremis.
Die Bläckybank&Investchase Groupe unterhielt und besass das grösste renommierteste Bläcky Atlantic Hotel in Boston an der Wiliam J Day Blvd, wie kann es auch anders sein, mit der grandiosen Aussicht auf den Atlantik.
Die Einheimischen und die Stammkunden nannten das Hotel einfach nur Bläcky. Mit den fast 500 Zimmern, hauptsächlich bestehend aus Luxussuiten, und somit mit einem beachtlichen Umsatz, war das Bläcky ein guter Steuerzahler für diese Stadt.
Abgesehen davon, spendete die Bläckybank, jedes Jahr Boston, eine beachtliche Summe für kulturelle Zwecke. Don Brenner schmierte Jeremis eine

beachtliche Summe schwarz, was Don zu seinem besten Freund machte.

Der Stadtpräsident nahm sich alles Erdenkliche vor, um einen reibungslosen Ablauf für die Ankunft der Konzernbosse zu garantieren.

Jeremis hoffte insgeheim, dass er nochmals eine persönliche Prämie oder Aufmerksamkeit von Don Brenner in diesem Jahr erhielt.

Geld konnte man immer gut gebrauchen.

Nach dem Telefonat war Jeremis in bester Laune nach so einem irgendwie begonnenen schlechten Tag, und rief zugleich den Direktor des Flughafens an. Jetzt konnte Knick-Fender dem Flughafendirektor so richtig eins rein-brennen, und hoffte auf das Versagen und Scheitern des Flughafendirektors, um dann alsbald an der Stadtversammlung den Entscheid herbeizubringen um Marshall abzusetzen.

Zudem würde er, sein lang ersehntes Projekt und den Wunsch eines Privatflughafens in Boston zur Ansprache bringen, und deren Durchsetzung vorantreiben.

Wobei er das Versagen vom Flughafen am 4.November als Beispiel erwähnen würde, und der Zusammenhang eines Privatflughafens und der Wirtschaft in der Stadt, der Agglomeration, und der weiteren Umgebung in der unabdingbaren Wichtigkeit erwähnen.

Der Direktor vom Hauptflughafen Boston Jens Marshall war seit 5.00 Uhr morgens am 4.November höchstpersönlich vor Ort.

Er konnte einfach schlechthin nicht schlafen und

entschied sich um 4.00 Uhr aufzustehen.
Die Belastung war einfach zu gross und auf der anderen Seite freute er sich auf diesen anspruchsvollen Tag des Flugbetriebes.
Seine Mitarbeiter und er, mussten unter Hochdruck und Präzision heute agieren, um den vollständigen internationalen Flugverkehr aufrechtzuerhalten, um ein Chaos zu vermeiden.
Das würde sich als sehr schwierig erweisen.
Der Stadtpräsident von Boston Jeremis Knick-Fender kontaktierte ihn vor 5 Tagen, am 30.Oktober am Abend. Informierte ihn darüber,
dass am 4. November innerhalb von weniger als 3h vor 14.00 Uhr, 30 Privatjets landen würden.
Jens protestierte umgehend, dass Dies, ein Ding der absoluten Unmöglichkeit wäre. Jens begann über technisches Know-How, Flugleitsysteme und veraltete Anlagen usw. zu sprechen, um den Stadtpräsidenten aufzuklären, wobei er grob und in seinen Sätzen von Jeremis unterbrochen wurde.
In seiner ganzen Laufbahn, nicht einmal in der Schulzeit, wurde er so zurechtgewiesen wie von Herr Knick-Fender, oder wortwörtlich gesagt, er solle die Schnauze halten.
Der Stadtpräsident persönlich, drohte mit seiner Entlassung.
Beide hassten sich von Anfang an, die Chemie stimmte einfach nicht, sie beide waren auch nicht wie üblich nach gewisser Zeit per du, sondern sprachen sich immer noch formell an.

Ob all Bemühungen von Seite Jens Marshall, um sachlich und korrekt zu bleiben gegenüber Jeremis, seit Antritt als Direktor vom Flughafen, spitzte sich die persönliche Auseinandersetzung fortwährend zu.

Jeremis wollte ihn entlassen, Das war ganz klar.

Unglaublich, wobei Dieser, einen im Volke umstrittenen Hangar mit Privatjet betrieb, mit den Geldern der Stadt.

Dieser Luxus betrieb man für Politiker in Millionenstädten wie LA, Chicago, New York usw. Jens Marshall stellte dem Stadtpräsidenten die Frage, wie er das Problem mit den öffentlichen Fluglinien lösen sollte.

Die unfassbare Antwort erhielt prompt.

Schlimmstenfalls sollte er die ankommenden Linienflugzeuge über Boston herumkreisen lassen, oder an andere Flughafen umleiten lassen.

Die Begründung bei Anfragen, sei ihm überlassen. Zudem, was ginge ihm das etwas an, der Auftrag wurde ihm erteilt und musste ausgeführt werden, er sei ja der Direktor vom Flughafen.

Zudem, solle der VIP Raum hergerichtet werden, nur ausdrücklich für die ankommenden Gäste von den Privatjets. Per Fax wird Jens eine Namensliste erhalten, wobei nur Diese berechtigt sind den VIP Raum zu betreten.

Der VIP Raum sollte dementsprechend hergerichtet werden für hohe Gäste, mit ausreichendem Buffet, mit Wein der edelsten Sorte und ansprechendem Servicepersonal. Die Anweisungen von Knick-Fender hörten nicht auf.

Dieser sprach von einem roten Teppich mit der Mindestlänge von 8 Meter, welcher vor der Eingangstüre abgelegt werden sollte.

Und nicht zu vergessen, dass zusätzlich eine unbeirrbare Beschilderung im Flughafen für die Gäste angebracht wird, mit der Begründung, dass sich die Konzernbosse nicht im ganzen Fluggebäude verwirrt herumlaufen, auf der Suche nach dem VIP Raum.

Jens hörte schlussendlich nur noch zu, bis das Telefonat beendet war.

Jens war längere Zeit als Kampfjetpilot für die USA im Einsatz, später dann als Linienpilot im nationalen und internationalen Flugverkehr.

Später besuchte er verschiedene Hochschulen im Bereich Flugverkehr, Flugzeuge, Flugzeugbau, internationale Gesetze im Zusammenhang eines internationalen Flughafens...

Er war der Typ, welcher schon immer Herausforderungen und Druck liebte, und sah von Differenzen und Drohungen vom Stadtpräsidenten ab, soweit es ging.

Es ging ihm einfach am Arsch vorbei.

Er sass nun um 10.00 Uhr mit dem Flugleiter der Flugsicherung und des Leitsystems vom Tower Rudolph Karter in der Cafeteria und tranken Kaffee zusammen.

„Wie sieht die Lage jetzt aus, Rudolph?"

„Bis jetzt ist alles in Ordnung. Es wurden alle verfügbaren Mitarbeiter vom Flugleitsystem, ausser von der Nachtschicht, für diesen Tag aufgeboten.

Bis jetzt sind erst 2 von diesen sogenannten Privatjets gelandet. Sir kann ich sie fragen, was das Ganze eigentlich soll?"

„Wie sie wissen, hat mich der Stadtpräsident vor fünf Tagen angerufen, der Hobbypilot welcher die Meinung von sich hat, er verstehe etwas von der Fliegerei und vom Flugverkehr.

Wenn es so weitergeht, läuft uns die Zeit davon, es sind immer noch, respektive mit den 28 ankommenden Privatjets müssen wir rechnen, welche vor 14.00 Uhr landen wollen. Einfach eine bodenlose Frechheit von Knick-Fender, weil irgendein Grossanlass von Firmenbossen in Boston stattfindet. Jedenfalls müssen wir uns so gut wie möglich auf unsere Arbeit einstellen, um das voraussichtliche Chaos zu verringern.

Ich erwarte absolute Konzentration und Leistungsfähigkeit. Der Stadtpräsident Jeremis Knick-Fender wartet nur so darauf, dass wir versagen, hauptsächlich ich. Darum wird alles nur Erdenkliche unternommen um Dies zu vermeiden, wobei die Flugsicherheit im Vordergrund steht, Stadtpräsident oder Konzernbosse hin oder her."

Rudolph nickte," Das Chaos hat um 9.00 Uhr morgen früh schon begonnen, als ich Dies vom Leiter des Sicherheitsdienstes erfahren habe. Wie aus dem Nichts, sind auf der Trassenstrasse zum Flughafen, über 20 schwarze und blaue Bonzenlimousinen aufgetaucht.

Veranstalteten ein Riesen Chaos vor dem Haupteingang des Flughafens.

Parkierten willkürlich auf den Taxi-und
Busparkplätzen.
Eine gröbere Auseinandersetzung und Rückstau
konnte durch das Eingreifen des internen
Sicherheitspersonals vermieden werden.
Bis dann, die Fahrzeuge mit ihrem Wendekreis und
teils über der doppelten Länge eines
durchschnittlichen Fahrzeuges endlich auf den 50
Cents pro Minute teuren Parkplätze standen, wobei
Diese, für ein-und aussteigende Gäste vorbehalten
ist."
„Ich weiss, ich war vor Ort, als mich der
Sicherheitchef informierte.
Das sind wie gesagt unvorhergesehene, unschöne
Ereignisse, wobei man nicht von externer Seite
informiert wurde. Hoffen wir, dass der Tag nicht zu
viele Überraschungen mit sich bringt, wir müssen
einfach unsere Arbeit tun, wie üblich, und nicht allzu
viel über diese Geschichte nachdenken, am besten
überhaupt nicht.
So packen wir es an Rudolph, ich werde sie begleiten
und bis 15.00 Uhr oder genau gesagt bis der
Flugverkehr wieder in den normalen Bahnen läuft
bei ihnen im Tower bleiben, wenn nicht länger.
Ich werde bei schwerwiegenden Problemen und
Entscheidungen, direkt die Anweisungen erteilen
und zugleich die Verantwortung übernehmen."
Beide standen von ihren Stühlen auf und begaben
sich Richtung Tower.
Der Stadtpräsident Jeremis Knick-Fender konnte es
sich nicht nehmen lassen, war auch seit 4.00 Uhr

aufgestanden und seit 8.00 Uhr morgens am Flughafen.

Per Zufall und mit erstauntem Gesichtsausdruck konnte er die langsam herbeifahrenden Limousinen sehen, bestehend aus fast 30 Fahrzeugen. Das erste Fahrzeug hielt kurzerhand auf der Höhe vom Flughafenhaupteingang an, wobei die ganze Kolonne zum Stehen kam. Der erste Chauffeur der Schlange, drehte nervös den Kopf hin und her, auf der Suche nach einem geeigneten Parkplatz. Er erhielt ganz klar und deutlich die Anweisung, vor oder in der Nähe vom Haupteingang zu warten, was auch immer Das heissen mag. Hinter der Kolonne, bildete sich allmählich ein Stau, wobei Taxi, Busse und Privatfahrzeuge ihre Passagiere schnellstmöglich abladen wollten. Einige ungeduldige Chauffeure fuhren mit ihren Limousinen aus der Kolonne heraus und parkierten auf Bus-Taxi-Sanität-und Warenablieferungsparkplätze usw.

Einige Davon, standen bald kreuz und quer auf der Fahrbahn, wegen ihren langen Wendekreisen, und wurden von nicht abwartenden heranfahrenden Fahrzeugen blockiert, bis der ganze Verkehr zum Erliegen kam.

Taxi-und Buschauffeure und eilende Passagiere stiegen teils mit roten Köpfen aus den Fahrzeugen. Gestresste Passagiere welche sonst schon zu spät dran waren, eilten und drängten mit ihren Koffern zum Haupteingang um ja nicht den Flug zu verpassen.

Taxi-und Buschauffeure liefen zu den Chauffeuren
der Limousinen, wobei eine steigernde
Hitzige Diskussion entflammte. Mehre Sicherheitskräfte vom Flughafen erschienen
aus den Seitentüren zum Schauplatz.
Mit dem rigorosen Eingreifen der Sicherheitskräfte
und dem kühlen Kopf der leitenden Person,
beruhigte sich nur langsam aber stetig die Lage um
den Haupteingang und dem Strassenverkehr.
Belustigend hatte Jeremis Knick-Fender den
Schauplatz bis zum Schluss angesehen, wobei er
mehrere Fotos mit dem Handy schoss. Besser konnte
es gar nicht sein als in einem Theater, dachte er sich.
Wenn der Flughafendirektor so weiter vorging,
welches nur der Anfang eines langen Tages war,
würde der angebrochene Tag nur noch
interessanter, wobei er immer mehr
Argumentationen im Stadtparlament hervorbringen
könnte für die Absetzung von Jens Marshall, und
somit den Bau vom Privatflugplatz herantreiben
konnte, für die Wirtschaftlichkeit der Stadt Boston
und seinen privaten Interessen.
Durch die Ereignisse am Haupteingang, kam Jeremis
auf eine Idee, ergriff sofort das Handy und telefo-
nierte mit dem Hauptpräsidium der Stadtpolizei.
Danach nahm er sich vor zur Zuschauertribüne zu
gehen um Mittag zu essen, um dann dem
voraussichtlich anschliessendem Versagen vom
Flughafen, respektive Flughafendirektor Jens
Marshall mit der Bewältigung der landeten Privatjets
zuzusehen.

Gut, zu einem überborden der Situation war natürlich auch nicht in seinem Interesse, wie würde er vor dem Stadtparlament und Don Brenner dastehen als Städtepräsident, schlussendlich wollte er sich schon nicht ans eigene Bein pissen.

Der Tag wurde nur noch interessanter, das wunderbare, sonnenhaltige Wetter stimmte auch noch dazu ein.

Seine Stimmung führte ihn fast zu einer Ekstase.

Jens Marshall, Rudolph Karter und sein Team hatten alle Hände voll zu tun im Tower, als um 12.24 Uhr die ersten Privatjets Boston anflogen und zur Landung ansetzen wollten.

Da die kleinen Flugzeuge nicht so einen langen Bremsweg hatten wie die Linienflugzeuge, wurden die Piloten gleich nach dem landen der Linienflugzeuge per Funk angewiesen und durch das Flugleitsystem zur Landung gebracht.

Mit der Zeit verschärfte sich die Situation im Flugraum um Boston, da gleichzeitig 8 Privatjets auftauchten, Linienflugzeuge sowie Privatjets mussten in der Schlaufe fliegen, bis sie zur Landung angewiesen wurden.

Mühsam waren folglich zwei Privatjets, welchen langsam aber sicher, das Benzin ausging, durch den Langstreckenflug.

Don Brenner erschrak und bekam Todesangst während dem Landeanflug, als dröhnend ein Linienflugzeuge knapp über sie hinwegflog und konsequent zur Landung ansetzte.

Der ganze Jet vibrierte.

Dem Pilot Armin Derengo lief der Schweiss nur so über das Gesicht, Rudolph Karter befahl ihm in die Warteschlaufe zurückzufliegen.

Statt durchzustarten um nochmals zur Landung anzusetzen wie befohlen, die Maschine hatte fast kein Benzin mehr, zwang und riss sich selbst zusprechend Pilot Derengo zusammen, mit einem Tunnelblick und Automatismus flog er gezielt hinter dem Linienflugzeug hinterher und landete.

Um nicht in die vordere Maschine zu rasen drückte er voll auf die Bremsung, dass es nur so qualmte und rauchte, wendete dann kurzum die Maschine um eine Kollision zu verhindern vor der schwerfälligen grossen Boeing 767-300ER, Richtung alten brachliegenden Flugplatz.

Auf der Zuschauertribüne klatschten die Leute in die Hände für die dargebotene Show und die professionelle Landung des kleinen Flugzeuges.

Das fluchen, die Drohungen und Anweisungen vom Tower bekam Armin Derengo nur so nebenbei schlechthin mit, da er voll auf sich konzentriert war.

Die Anspannung, lies wie bei einem freien Fall in die Tiefe vom Bungeespringen von ihm ab, er brach fast innerlich zusammen und musste fast peinlicherweise für ihn, das Weinen verkneifen, als er den Jet neben die schon parkierenden Privatjets stellte.

Don, Jim und Jep kamen ins Cockpit und gratulierten dem Piloten, wobei nicht nur Derengos Hände zitterten, sondern auch Dons.

Nicht nur im Tower wurde geflucht, sondern

Dr.Westermann tat das Gleiche im Linienflugzeug wo er sass, Dieses flog schon längere Zeit in der Warteschleife. Dr.Westermann konnte durch das Flugzeugfenster die Privatjets sehen, welche zwischendurch wieder hinter den Wolken verschwanden.

Er stellte auch fest, dass Diese den Vorrang hatten zur Landung.

Von den Stewardessen erhielt er keine Antwort, wann endlich die Maschine landen würden.

Um 14.37 Uhr war es endlich so weit, als das Linienflugzeug eine Stunde verspätet die Räder auf der Landepiste aufsetzten.

Der Tower hatte ihren Auftrag erfüllt, die 29 Privatjets konnten knapp vor 14.00 Uhr abgefertigt werden. Wobei die Risiken, welcher der Tower mit Jens Marshall, Rudolph Karter und die Mitarbeiter auf sich genommen hatten mit 2 beinah Kollisionen enorm war.

Jedenfalls würde Jens Marshall nimmer mehr so einen Auftrag entgegennehmen, ob er gekündigt wurde oder nicht, was jetzt schon der Fall sein könnte.

Im Hintergrund wissend, dass der Stadtpräsident jegliches unternehmen würde, nach diesen Vorfällen um dies zu tun. Schlimmstenfalls würde sich auch noch die Amerikanische Flugbehörde melden, was dann wirklich der Höhepunkt seiner laufenden Karriere war, und zwar im Negativen in seinem Werdegang.

Denn die Schuld, konnte er nicht Jeremis

weiterleiten, denn folglich dessen nach seinem Charakter sowieso alles Abstritt, auch ansonsten nicht.

Jeremis merkte, er hatte einen beruflichen Fehler begangen und sich auf das Spiel des Stadtpräsidenten eingelassen.

Jedenfalls kam eine Erleichterung und eine Entspannung im Tower auf, wobei Jens die Mitarbeiter ermahnte, jetzt nicht locker zu lassen, um sich weiterhin zu konzentrieren, auch wenn die schwerste Arbeit des Tages verrichtet wurde, denn im Nachhinein, können erfahrungsgemäss, die Fehler passieren und auftreten, die bei ihrem Beruf schwerwiegend waren.

Dr.Westermann, von der Zollkontrolle in Boston gar nicht zu erwähnen, durchlief verbittert, in sich hinein fluchend und voller Zorn den Flughafen, auf der Suche nach dem VIP-Raum, wobei er die gut zu sehenden angebrachten Beschilderungen übersah, bis er per Zufall an die Information lief.

Dort wurde ihm der Weg zum VIP-Raum erklärt und auf die Beschilderung hingewiesen.

Als er den VIP-Raum betrat, fand er nur noch die Buffets vor, mit teils halbleeren Gläser und Teller auf den Tischen, keine Menschenseele war anwesend, als mussten alle übereifrig den Raum verlassen.

Schon über die Schwelle tretend, kehrte Dr.Westermann um, lief schnurstracks zu der Weinvitrine, sah die vorzüglichen Weinflaschen welche die Fluggesellschaft nicht fähig war in der Businessclass anzubieten, er konnte jetzt einen

Schluck gut vertragen, um seinen Gemütszustand etwas zu beruhigen, er durfte sich einfach nicht besaufen und schenkte sich ein Glas, übervoll ein.

Öffnete dann seine Reisetasche und füllte Diese mit drei Weinflaschen, er nannte es spasseshalber Notreserve für harte Zeiten. Nochmals fluchend nahm er den Weg zur Information zurück.

„Konnten Sie mir nicht gleich sagen, dass die Leute den VIP-Raum verlassen haben?", teilte und schnauzte er die Information an.

Seiner Meinung nach kam die freche Antwort zurück, "Sie haben ja nicht danach gefragt, zudem wurden wir nicht informiert."

Ohne auf Wiedersehen zu sagen, da er sich nicht noch auf ein Streitgespräch einlassen wollte, ansonsten hätte er eventuell den Informationsstand zusammengeschlagen, nahm er den direkten Weg zum Haupteingang, wo wahrscheinlich die Limousinen parkten, wenn sie nicht schon abgefahren sind.

Tatsächlich wie er vermutet hatte, war es auch so, Dr. Westermann konnte gerade noch die Rücklichter der Limousinen sehen, mit der Polizeieskorte am Schluss. Was ihn noch wütender machte, zudem kein einziges Taxi in weiter Sicht.

Er kam sich vor wie in einem Drittweltland, wobei Diese noch eher ein Taxi hatten als auf diesem verdammten Flughafen. Seine Stimmung sank auf den Boden, doch nach kurzer Zeit, vor einem Passanten wegschnappend, konnte er ein Taxi

ergattern und wies dem Chauffeur an,
zu Bläcky Atlantic Hotel zu fahren.

6. VIP Raum

Don Brenner durchlief zügig mit seiner Gefolgschaft im Rücken mit verzogenem und zerknirschtem Gesichtsausdruck, wobei seine Gedanken noch bei der spektakulären katastrophalen Landung waren, welche ihn in Angst und Schrecken versetzte den Flughafen. Mit seinen 84 Jahren hatte er nicht mehr das Nervenkostüm wie früher, in den guten alten Zeiten, zudem besass er auch eine gewisse Art von Flugangst, wobei er Diese fast gänzlich durch die vielen Reisen ablegen konnte.

Durch diesen Vorfall und Ereignisse, würden sich Diese, sicherlich nicht positiv auf seine Flugangst auswirken, nur gut, besass er jetzt keine Zeit, um darüber Nachzudenken.

Er musste vorwärts machen, um sein Programm durchzuziehen.

Da er den Flughafen auswendig kannte betraten sie bald um knapp 14.20 Uhr den mit lauten Stimmen versetzten VIP Raum.

Es wurde kurzerhand Still und alle Augen richteten sich allmählich auf ihn.

Was Don Brenner da sah, gefiel ihm überhaupt nicht. Fast 150 Personen in massgeschneiderten Anzügen mit Krawatten, welche Essen, Wein und Champagnergläser in den Händen hielten.

Drei grosse Buffet waren auf der rechten Wandseite aufgestellt worden und ein grosser Weinkühlschrank welcher zum Bersten voll war, natürlich konnte und durfte ein Dessert-Buffet auch nicht fehlen. Jetzt fehlte nur noch das eintretende Hochzeitspaar.

Missbilligend betrachtete er die Menge, erwähnte ausdrücklich im Schreiben, dass nur CEOs und Verwaltungsräte eingeladen sind, Betreff Dringlichkeit, Wichtigkeit und Geheimhaltung. Nächstes-mal wird er wahrscheinlich noch die Reinigungskräfte der Konzerne antreffen.

Er dachte an eine Schar von fressenden und trinkenden Meute, welche glaubten das Ganze sei ein Apéro mit anschliessender Konzert-oder Theaterveranstaltung, welche sie demnächst besuchen würden.

Zum guten Glück war noch nicht der Stadtpräsident von Boston erschienen, was ihm gerade noch fehlen würde, welcher ihn unaufhörlich voll-laberte mit unnötigen und uninteressanten Neuigkeiten von seiner Stadt und den kulturellen Errungenschaften welche angeschafft oder im Bau waren.

Die Augen waren immer noch auf ihn gerichtet.

Er ging durch die Platz-machende Menge und bestieg eine Art Podest hinten im VIP Raum, dass alle ihn sehen konnten. Er anvisierte die Haupteingangstüre zu schliessen.

Nach einer kurzen Wartezeit, begann er mit seiner alten Bekannten und manchmal abweichender Begrüssungsrede und ging relativ schnell zur Sache.

„Ich glaubte, Alle, hätten mein Schreiben gelesen oder es von ihren Chefsekretärinnen vorlesen lassen. Wie geschrieben, ist für dieses Treffen eine begrenzte Anzahl von Personen vorgesehen, das heisst, keine Sekretärinnen und kein Sicherheitspersonal usw., welche jetzt zugleich den Raum verlassen werden, können, und die Reise, respektive den Rückflug antreten sollen, um per sofort an ihre tatsächliche Arbeit zu gehen. Nur die angeschriebenen und eingeladenen Personen sind zu dieser Konferenz zugelassen. Habe ich mich jetzt deutlich genug Ausgedrückt!"

Ein protestierendes Raunen ging durch die Menge von den Betroffenen, und der Diskussionspegel fing an zu steigen.

„Ruhe", schrie Don Brenner in den Saal hinein.

Er war von der alten Schule und erwartete, dass seine Anweisungen gleich befolgt wurden ohne Diskussionen zu führen.

„Nochmals, die gemeinten Personen sollen den Raum sofort verlassen."

Es gab ein Grosses durcheinander bis alle Untergebenen den Raum verliessen.

Übrig blieben noch ca. 60 Personen.

Danach ergriff Don Brenner wieder das Wort.

„Sind jetzt wirklich nur noch die Mitglieder vom Circle anwesend?" und zeigte mit dem Finger auf zwei unbekannte Gesichter, welche alsbald aus dem VIP Raum hinausgingen mit zusätzlich zwei anderen Personen.

„Wir haben jetzt genau 14.37 Uhr, uns läuft die Zeit davon. Bitte legen sie die Gläser und Essensware zur Seite und folgen sie mir bitte zum Haupteingang vom Flughafen wo die Limousinen stehen."

CEO von Keitersmann Deutschland ergriff das Wort.
„Hallo Don, wie man sieht bist du ja wieder voll im Element und Energie geladen, könnten wir im Voraus etwas mehr erfahren über das ausserordentliche, einberufene Treffen?"
„Bitte habt Alle noch etwas Geduld, wir werden uns jetzt ins Bläcky Atlantic Hotel in Boston begeben wo die Konferenz stattfinden wird.
Alles Weitere, werdet ihr anschliessend im Konferenzraum erfahren.
Ich bitte euch Alle, um keine Verzögerungen, und steigt beim Erreichen der Fahrzeuge sofort und zügig ein, da wir doch über 60 Personen sind."
Don, sein CEO Jim Stayli und Circle Vizepräsident Jep Den Wipperis gingen Allen anderen an der Spitze mit schnellen Schritten voraus.
Der ganze Tross durchlief, unter staunenden und interessierten Fluggästen und Touristen die Flughafenhallen.
Die Limousinen standen jetzt aneinandergereiht, abfahrbereit auf der Strasse.
Beim Erreichen der Fahrzeuge, erblickte Don Brenner sich fragend, an der Spitze der Fahrzeugkolonne zwei Polizeifahrzeuge, welche die blauen Drehlichter anhatten.
Weit unten am Ende der Kolonne wiederum dasselbe, 2 Polizeifahrzeuge.
Währenddessen die Manager, CEOs und Verwaltungsratspräsidenten einstiegen, Don sich noch Gedanken wieviel Aufmerksamkeit und

Aufsehen überhaupt das Ganze auf sich zog, schritt schnellen Schrittes Jeremis Knick-Fender direkt auf Don zu.

Der Stadtpräsident stand nun hinter Don, begrüsste ihn mit etwas zu lauten Worten, wobei sich erschrocken Don Brenner zu Jeremis umdrehte.

Konnte nicht anders sein, den Stadtpräsidenten zu sehen und anzutreffen.

Er musste sich zusammenreissen und seine Manieren spielen lassen.

„Wie geht's Don, schon lange nicht mehr gesehen, willkommen in unserem wunderbaren Boston. Ich hoffe du bist, bis jetzt mit dem Ablauf und der Organisation deiner Ankunft in Boston zufrieden. Ich habe zudem noch eine Polizeieskorte für die Fahrt bereitgestellt, wenn schon so-viele bekannte Grössen in meiner Stadt Boston herumschwirren, ist auch der Sicherheitsaspekt nicht ausser Kraft zu lassen. "

Don Brenner konnte mit Sicherheitskräften nicht viel anfangen, da meistens, nur noch mehr Aufsehen gefördert wurde.

„Wunderbar Jeremis, ohne dich würde nichts funktionieren, wirklich schon lange nicht mehr gesehen. Abgesehen des chaotischen Landeanfluges, verlief Alles zu meiner besten Zufriedenheit. Übermittle dem Flughafendirektor und seinen Angestellten meine Glückwünsche für diese ausgezeichnete vollbrachte Leistung, welche ich zu Schätzen weiss, und richte Jens Marshall meine besten Grüsse aus."

Jeremis verzog für kurze Zeit leicht das Gesicht um sich gleich wieder zu fassen. Im Gegenteil, würde er den Flughafendirektor loben, und auf gar keinen Fall Glückwünsche und Grüsse verteilen.

„Ich hoffe du kannst mir bei Gelegenheit deine neuen Errungenschaften in der Stadt bald zeigen, ich habe zu hören bekommen eine grosse Statue aus Bronze steht jetzt vor dem Stadtparlament?"

Währenddessen wurde Don Brenner mit Informationen nur so bombardiert und schaute auf die Uhr, stellte fest das tatsächlich schon fast 15 min. vergangen waren, und er jetzt handeln musste.

Er konnte nicht die Manager in den Fahrzeugen warten lassen, was stellte Das für ein Benehmen dar, dachte sich Don Brenner, und die laufenden Stundenansätze, für nur herumzusitzen, gingen ins Immense.

Mitten in den Sätzen, unterbrach Don, Jeremis.

" Hör zu, ich und meine Leute müssen jetzt vorwärts Machen und gehen."

Er gab mit der Hand mehrmals ein deutliches Zeichen dem Polizisten vom vorderen Polizeifahrzeug für die Abfahrt und stieg zugleich in die lange schon offengehaltene Türe vom Chauffeur, ins Fahrzeug ein.

„Also, wir sehen uns noch" und verabschiedete sich schnellstmöglich aus dem Innern der Limousine von Jeremis Knick-Fender.

Nach ein paar Minuten wurde Don Brenner wütend, warum die verdammten Fahrzeuge nicht in Bewegung gerieten.

Als er mit Entsetzen feststellte und sah, wie der Stadtpräsident ins vordere Fahrzeug der Polizei einstieg, welche auch zusätzlich die Sirenen einschalteten für die lückenlose Abfahrt der Kolonne.

Wenn es so weiter ginge, dachte sich Don Brenner, würde er noch Kopfschmerzen, schlimmstenfalls Migräne, oder bestenfalls eine Migräneattacke bekommen.

7.Ankunft im Bläcky Atlantic Hotel

Sen Kanter war jetzt mit dem Aussenlift im 15.Stock des Bürogebäudes angelangt, wobei die Leute das Gebäude das Glashaus nannten, und genauer beschrieben ein Wolkenkratzer war.
Er war der Einzige der Firma, welcher anscheinend Lust zur Arbeit hatte, kein Schwein kam ihm zur Hilfe am Samstag. Er hatte eigentlich gerne Mitarbeiter um sich, ausser Vollidioten. Bei der monotonen Arbeit unterhielt man sich gerne zwischendurch mit ernsthaften Themen und Geschichten, oder man führte amüsante Gespräche miteinander.
Irgendwie würde man mit der Zeit vereinsamen, so ganz alleine auf diesen Höhen an den Aussenfassaden, man fühlte sich richtig von der Aussenwelt abgeschnitten.
Herunterschauend erblickte Sen die Spaziergänger an der Uferpassage herum-flanieren, oder sich an den Winterständen mit Tee, Punsch und warmen Essen aufwärmten.
Es waren doch etliche Menschen unterwegs, zudem war Samstag und die Wintersonne brachte doch einige wärmende Strahlen.
Er war jedenfalls auf das Geld angewiesen, immer, wenn er konnte, ging Sen jeden zweiten Samstag zur Arbeit. Der kalte Wind hatte sich zum guten Glück um 10.00 Uhr gelegt.
Die Reinigung der Glasfassade wurde dringend vom

Firmeninhaber angeordnet, da Diese anscheinend einen wichtigen, geschäftlichen Besuch von Japan erhielten.

Mehr wusste Sen nicht, obwohl es ihn doch interessierte zu erfahren, was für Geschäfte und Konferenzen hinter den Glasfronten manchmal abgehalten wurden. Er fragte sich, warum er nicht selbst hinter der Scheibe auf der anderen Seite stand, wie auch im Leben, und dort seinen Unterhalt verdiente.

Nun Es war halt so, er war ein kleiner Pechvogel in dieser weiten undurchschaubaren Welt, gab sich aber mit dieser Antwort sicherlich nicht zu Frieden. Ansonsten war der Auftraggeber sehr knauserig mit der Reinigung der Glasfassade, da sich der Schmutz immer mehr festgefressen hatte, brauchte Sen für die Reinigung mehr Zeit.

Der Aufwand war einfach grösser, überall sparten die Firmen ein, wobei dann der Mehraufwand umso grösser war, und einfach am falschen Platz gespart wurde. Seiner Meinung nach, stellte das Gebäude selbst nach aussen hin, auch die Einstellung der Firma dar.

Sen Kanter konnte das eigentlich egal sein.

Um 16.02 Uhr, wobei Sen Kanter voll in seiner Arbeit vertieft, blendete die Sonne in schnellen abwechselnden Abständen seine Augen, wobei er automatisch, instinktiv sein Kopf drehte, um zu Erkennen was die Ursache war.

Als er mit zusammengekniffenen Augen mit der Zeit von weitem eine Fahrzeugkolonne auf der Strasse ausmachte, welche sich langsam die Strasse hinauf bewegte.

Die Sonne reflektierte sich in den Windschutz-Scheiben der Fahrzeuge, ihm direkt, in sein Gesicht.

Abwartend beobachte Sen, bis allmählich Diese näher kamen.

An der Spitze waren zwei Polizeifahrzeuge mit eingeschalteten Warnlichtern, er traute fast seinen Augen nicht, als 8-12m lange Limousinen hintereinander folgten.

Er als Autofanatiker erkannte, dass Diese, die neuesten, luxuriösesten und zugleich die teuersten auf dem regulären Markt sein mussten.

Unglaublich es mussten über 20 sein, er begann den Gesamtwert der Fahrzeuge zu berechnen und konnte die Gesamtsumme fast nicht glauben, wobei er die Berechnung 2 und dann 3-mal wiederholte, kam zum Schluss, dass dort unten Fahrzeuge im Wert von über 20 Millionen Dollar anrollten, je nach Ausstattung, Modell und Marke.

Die Fahrzeugkolonne bog in die Einfahrt vom Bläcky Atlantic Hotel, mit seiner grässlichen schwarzen Stahlfassade und schwarz verdunkelten Fenstern ein, wobei die erste Limousine auf der Höhe vom Haupteingang des Hotels stehen blieb, die Hälfte der Limousinen blieb und kam auf der Strasse zum Stillstand. Beim ersten Polizeifahrzeug stieg vermutlich gerade grinsend wie immer der Stadtpräsident aus, welcher er nur von der Distanz wegen vermuten konnte.

Sen war sich sicher, es war kein Geringerer als der Stadtpräsident.

Sen Kanter kannte ihn persönlich aus der Footballzeit, wo Jeremis gerade anfing zu politisieren. Nun verliessen die Polizeifahrzeuge das Hotelareal.

Nacheinander stiegen Personen aus den Limousinen mit teuren Anzügen, welche zum Haupteingang strömten.

Fragend überlegte sich Sen, was für ein Anlass wohl im Hotel stattfand. Er erinnerte sich an keinen Bericht in den Zeitungen oder Zeitschriften, oder an einen Aushang am Hotel. Kurz entschlossen nahm er die Fernbedienung in die Hand und fuhr mit dem Lift nach oben.

Don Brenner schlecht gelaunt, Jim Stayli und Jep Den Wipperis stiegen aus der vordersten Limousine aus und liefen Richtung Haupteingang zum Hotel, wobei sich zum unwohl-befinden Dons, der Stadtpräsident sich neben ihn anschloss.

"Don wie hat dir die arrangierte Eskorte gefallen?"

„Wie gesagt Jeremis, ohne dich würde in dieser Stadt nichts laufen."

„Don wie gesagt, ein Anruf von dir, und ich stehe für dich auf der Matte und zu jeder Zeit zur Verfügung. Ich lasse dich jetzt alleine und in Ruhe, um nicht die Sitzung oder den Anlass aufzuhalten, um was geht es überhaupt?"

Soweit zum Thema Ruhe, dachte sich Don Brenner. Ignorierte einfach die Frage.

Dankend und langsam entspannend, nahm Don Dies zur Kenntnis, glaubte auf das erste Wort, dass der schmierige Stadtpräsident jeder Zeit zur Verfügung stand, Dies sicher nicht ungern, und war froh den weglaufenden Stadtpräsidenten aus den Augen zu verlieren. Wohin er lief, fragte sich Don, um sehr wahrscheinlich noch schnell eine Drehleuchte und eine Sirene in den Konferenzraum zu montieren, bei den Gedanken, kam er doch noch, wieder zum Schmunzeln.

Don hoffte insgeheim, ihn nicht mehr zu sehen, was fast eine Unwahrscheinlichkeit darstellte.

Don und die Manager durchliefen auf schwarzen Marmorböden den Prunk-Freskengeschmückten Eingangsbereich mit den 8 Kronleuchtern, welche zu zwei Quadraten an der Decke montiert waren, zu den Liften, um ins oberste Stockwerk zu gelangen. Langsam füllte sich der Sitzungssaal, wobei die Konzernbosse auf den mit ihren Namen beschrifteten Stühlen Platz nahmen, ihre Laptops auf den im Rechteck aufgestellten Tischen ausbreiteten, und kurzerhand ins Schwitzen gerieten, als sie keine Steckdosen fanden.

Don Brenner informierte die Küche, dass das Essen von 18.00 auf 20.00 Uhr verschoben wurde.

Nun, wie zuvor, richteten sich die Blicke auf den Verwaltungsratspräsidenten vom Circle, Don Brenner. Hinter ihm, an der Wand, hing eine beleuchtete grosse Stoffblache mit dem Zeichen des Circles.

8. Erklärung und Abhaltung der Sitzung des Circles

Der Circle war durch eine fixe phänomenale Idee von Don Brenner, vor 18 Jahren durch eine Eingebung vom Finanzhimmel, wie er es zu nennen beliebte und pflegte, während eines längeren Spazierganges entstanden, bestehend zur jetzigen Zeit aus 30 Mitgliedern-(Firmenanzahl).

Mit seinen 84 Jahren, genau gesagt seit 68 Jahren von 1949 an, da war Don gerade 16 Jahre alt, kannte er die Geschichte bis zu dem heutigen Zeitpunkt des Finanzwesens und besass eine schier endlose Erfahrung und Potential.

National wie International wusste er die Zusammenhänge, Verletzlichkeit der Märkte und der Börse usw. wie kein Anderer.

Er war schon in jungen Jahren mit Spekulationen, Insiderwissen, Manipulationen, usw. zu viel Geld gekommen.

Betrug wie es Andere nennen würden, hörte er nicht gerne, denn er sah es als übliches Geschäftsgebaren an. Die Gründung des Circles sah er als privater Höhepunkt seiner bisherigen Kariere an.

Die Privatbank Schremsi, welche spezialisiert war auf Anlagen Reicher Personen, wie Firmeneigentümer, Manager, Milliardäre, Grundbesitzer, Politiker und Immobilienbesitzer usw. betrieb eine unabhängige Bank mit dem Namen Previn Bank auf den Offshore Inseln Vanuatu.

Die Bank wurde nicht besteuert, wo ein hohes Mass an Diskretion, Vertraulichkeit und Geheimhaltung bestand, sowie eine minimale Finanzmarktaufsicht auf den Vanuatu Inseln.

Weltweit gesehen, sind auf den Offshore-Inseln, zahlreiche Banken und Finanzinstitutionen angesiedelt, welche ein Grossteil ihrer Geschäfte abwickeln, und sind zum Vergleich der Transaktionen und Anlagesummen im Vergleich des Umsatzvolumens der lokalen Realwirtschaft extrem hoch.

Die schon seit Jahrtausenden bevölkerte Inselgruppe Vanuatu umfasst 83 Inseln, welche durch den portugiesischen Seefahrer am 3.Mai 1606 Espiritu Santo angesegelt hatte, im Glauben den verlorenen südlichen Kontinent gefunden zu haben, nannte die Insel nach dem heiligen Geist Terra Australis del Espiritu Santo und nahm sie und alles bis zum Südpol liegende Land im Namen des spanischen Königs und der katholischen Kirche in Besitz.

Die volle Souveränität erhielt der Inselstaat am 30.Juli 1980 durch die Zustimmung der europäischen Schutzmächte, wobei dazumal ab 1887 die Inseln offiziell unter britisch-französischer Kontrolle standen.

Die Previn Bank mit dem Sitz in Port Vila an der Ave Edmond Colordeau, dem wirtschaftlichen Zentrum von Vanuatu, mit etwa 50 000 Einwohnern, war, respektive nur aus einem Grund gegründet worden, für die Tarnung einer zweiten, internen Bank,

mit dem Namen US Invest Corporation.
Die Previn Bank betrieb im Vordergrund die ganz normalen Bankgeschäfte, wie bei jeder anderen internationalen Bank auch.

Der Verwaltungsratspräsident und CEO der Previn Bank war niemand Anderes als Jep Den Wipperis mit uneingeschränkter Macht.

Im Erdgeschoss befand sich der übliche Eingangsbereich mit der Kundenberatung, in den ersten und zweiten Etagen waren die Büros der Bänker untergebracht.

Die dritte, vierte und fünfte Etage waren komplett leer.

In der 6.Etage war die UIC (US Invest Corporation) wo Don Brenner den Verwaltungsratspräsidenten und CEO bekleidete, Vizepräsident war Jep Den Wipperis, die restlichen 5 Verwaltungsratsmitglieder waren die am engsten, vertrauten Mitglieder vom Circle.

Die 6. Etage wurde zur Luxuswohnung ausgebaut, mit einem grossen Büro mit 3 Arbeitstischen, vollgepackt mit Technik und Informatik auf dem neusten Stand.

Zudem Betrieb man früher eine komplexe verschlüsselte Leitung zur Previn Bank. Bei der UIC wurde nur ein Hauptkonto geführt, dazu kamen 30 geheime nummerierte Konten im jeweiligen Besitz der 30 Mitglieder vom Circle mit der jeweils freien Verfügung der Guthaben.

Jedes Mitglied vom Circle musste genau 1.013 Milliarden Dollar via, respektive von ihren

Grosskonzernen in den 10-jährigen Fond der Previnbank einzahlen, was alles ganz legal und Offiziell war als Fondanlage.
Wie die Mitglieder die 1.013 Milliarden Dollar offiziell ihres Konzerns organisierten und beschafften unterlag ihnen Selbst. Die Grosskonzerne erhielten wie üblich ein Fond-Inhaberpapier mit dessen Wertes, sowie einen jährlichen Kontoauszug.
Der hohe Jahreszinsgewinn wurde ausbezahlt, wobei man Diesen nicht unter 7 Prozent fallen liess.
Der alleinige Herrscher des Fonds war Jep Den Wipperis.
Seine Hauptaufgabe war das Verwalten des Fonds in der Previn Bank, zudem fungierte er nebenbei als Berater für die rechte Hand der Previn Bank und seinen Mitarbeitern.
In den ersten Jahren, wurde per hochgesicherten verschlüsselten Netzwerkleitung,
die Milliarden des Fonds, auf das Hauptkonto der UIC transferiert, welches höchstpersönlich Dr.Wipperis vor Ort vornahm. Dieser Transfer wurde immer dann vorgenommen, wenn die Mitglieder vom Circle den Börsenbetrug vornahmen.
Mit den Grosskonzernen, welche die Mitglieder des Circles leiteten, als CEO, Manager oder Verwaltungsratspräsident, kauften sie immense, hohe und teils risikohaltige Aktienpakete gleichzeitig auf, wobei die Aktien in die Höhe schossen oder im Umkehreffekt in die Tiefe.
Gleichentags, oder spätestens in einer Woche, verkauften die Grosskonzerne die gesamten

Aktienpakete und Anlagen, wobei zuvor Wissend vom Hauptkonto der UIC die volle Summe eingesetzt wurde, natürlich auf die gleichen Anlagen der Grosskonzerne.
Die absolut unlauteren Börsengeschäfte wurden 10-14 Mal im Jahr vorgenommen, immer auf verschiedene Aktienpakete.
Die Grosskonzerne kassierten immense Summen, sowie das Hauptkonto von der UIC. Die CEOs, Manager und Verwaltungsratspräsidenten feierten ihren Erfolg, wie zugleich auch ihren privaten, mit der Anlage der vollen Geldsumme vom Hauptkonto der UIC, wobei einige Tage oder spätestens in acht, die gleich hohe Summe von 30.39 Milliarden wieder in den Fond der Previn Bank zurückflossen.
Die Gewinne von diesen Anlagen waren unbeschreiblich, unglaublich Hoch.
Der Traum von jedem Börsenhändler, unrealistisch zu gleich.
Die Hälfte vom Hauptgewinn, beliess man auf dem Hauptkonto der UIC, die andere Hälfte wurden den 30 nummerierten Konten überwiesen.
Vor 5 Jahren, wo der Circle die 30 jetzigen Mitglieder innehatte, nach Dons Meinung die endgültige Mitgliederanzahl, veranlasste man den Rückbau der verschlüsselten Netzwerkleitung von der UIC zur der Previn Bank aus Sicherheitsgründen.
Das Hauptkonto mit der jetzigen Gesamtsumme von fast 200 Milliarden US-Dollar, benötigte die Gelder vom Fond der Previn Bank nicht mehr.

Der Fond löste man mit der Absprache der Grosskonzerne nach einiger Zeit auf.

Mit dem Rückbau der Netzwerkleitung und Auflösung des Fonds, wurde nochmals die Sicherheit der UIC erhöht, denn von Dons Seite her, reichte jetzt die Geldsumme vom Hauptkonto der UIC vorig aus, für Spekulationen an der Börse.

In den ersten Anfängen vom Circle, waren es 7 Mitglieder, wobei die Mitgliederzahl immer stetig wuchs, welche nur ausschliesslich durch Don persönlich, durch ein eigens konzipiertes Konzept angefragt und angeworben wurden.

Zurück zur Sitzung am 4.November vom Circle, unter Leitung von Don Brenner.

Don Brenner begrüsste nochmals alle Mitglieder und bedankte sich für das vollzählige Erscheinen.

„Die Laptops auf euren Tischen könnt ihr allesamt wieder einpacken, sowie die nervöse Suche nach den Steckdosen unterlassen, es wird nur eine Sitzung und Diskussion geführt bis zum endgültigen Entscheid. Zur Informationen für die Gaumenfreunde, das Essen wurde von 18.00 auf 20.00 Uhr verschoben, da ihr ja in den Jets, und allerspätestens wie ich sah, im VIP Raum euch aus-reichlich versorgt habt, zum Dank vom Stadtpräsidenten von Boston, welcher Glücklicher weise nicht anwesend ist."

Fast alle lachten, die Anderen verstanden den Humor nicht.

„Wir werden in dieser Sitzung nicht über den Erfolg vom Circle diskutieren und auch nicht von Dessen Gewinnen und Anlagen usw.

Jeder weiss. Das Hauptkonto vom Circle wird bald die unglaubliche Summe von 200 Milliarden überschreiten, es ist einfach unvorstellbar, jedenfalls für mich persönlich, sicherlich auch für euch.

Jeder kann sich vorstellen, wie viel Gewinn somit ausgeschüttet wurde, in den fast 18 Jahren.

Ich stelle mir vor, dass Dies reichlich gefeiert werden soll und muss, vielleicht mit einer Reise oder Ähnlichem."

Herr Foster von der Recapital Swissinsurance fing an zu klatschen, wobei sich die Mitglieder ihm anschlossen, bis ein tobender Applaus durch den Sitzungssaal halte.

Don genoss den Applaus, wartete ab, bis der Applaus abklang und alle verstummten.

Eine rote Farbe zeichnete sich auf Dons Backen ab vor Rührung und Freude.

„Daher bitte ich euch Alle, mehrere Vorschläge per Mail oder Schriftlich einzureichen, wie wir folgend und anschliessend, die 200 Milliardengrenze, natürlich Dollar und nicht Rubel oder Yen feiern wollen. Bitte Dies, bis zum letzten Tag von diesem Monat, also November.

Betreff der Vorstellung von 200 Milliarden, strahlte das Gesicht von Don nochmals auf, bis dann, ein grimmiger, bissiger Ausdruck auf sein Gesicht abzeichnete, wobei darauffolgend die Mitglieder, ihn mit einem fragenden Eindruck ansahen.

Er fuhr mit der Sitzung weiter.

„Die ausserordentliche Zusammenkunft und Sitzung von heute, hat einen besonders, schwerwiegenden, unschönen Grund im Gegensatz zu den 200 Milliarden.

In der Geschichte des Gesamten 18-Jährigen Bestehen des Circles, sind ungeahnte Risiken aufgetreten, welche schwerwiegende Folgen für uns Alle haben könnten, in privater Hinsicht, sowie auch für die Grosskonzerne, da ja folglich, alles miteinander zusammenhängt.

Ich möchte kurzum zur Angelegenheit kommen, nicht um den heissen Brei reden, ihr kennt mich ja, unnötige Zeit zu verlieren liegt nicht in meiner Natur. Irgendwo, ist ein massiver Fehler in der UIC aufgetreten. Ich bin zuerst von einer undichten Stelle von einer internen Person ausgegangen, wobei Dies fast unmöglich ist, da wenige für den Circle arbeiten. Aber das Computersystem vom Circle ist tatsächlich gehackt worden."

Zugleich ging ein Raunen und Geflüster durch den Saal.

"Durch unseren eigenen Computerspezialisten, welcher nur für den Circle zuständig und angestellt ist, ein guter Freund von mir, hat festgestellt, dass von allen 30 Grosskonzernen die Namensrechte verletzt worden sind, sowie in diesem Zusammenhang abermals die Geldsumme von 7-7.091-30~200 Milliarden Dollar auftauchte.

Die komisch dargestellte Zahl ergab mir im ersten Augenblick keinen Sinn, doch nach einiger Zeit begriff ich was sie darstellte.

Ich habe mir reichlich Gedanken darüber zerbrochen, dass dem so ist, bevor ich euch einen Expressbrief zukommen liess, um Diese dringende Sitzung einzuberufen."

CEO von der Keitersmann Holding unterbrach Don voreilig, welcher gerade zu den nächsten Sätzen ausholte.

"Don ich verstehe nicht ganz, was du meinst mit den Namensrechten der Grosskonzerne, sowie Das, mit der Zahl von 7-7.091-30~200 Milliarden Dollar?"

„Lasst mich vorerst bitte ganz ausreden.

Die Namensrechte wurden ganz genau gesagt, von unseren eigenen 30 Grosskonzernen verletzt, so gesehen, solltet ihr eigentlich durch eure Rechtsabteilung, welche für die Wahrung und Verletzlichkeit der Namensrechte, Patentrechte, Produktrechte zuständig ist, informiert worden sein.

Früher in meiner Zeit, stand weit oben an oberster Stelle die Firma, der Konzern oder die Aktiengesellschaft, dann vielleicht an zweiter Stelle die Mitarbeiter inklusive den Managern.

Heutzutage besteht leider in Grosskonzernen mit tausenden und zehntausenden von Mitarbeitern, welche wie ein undurchschaubares Labyrinth und Konstruktionen darstellen, zum Teil ein grosses Desinteresse an der Firma selbst, wobei ich mich nicht gross dazu äussern möchte, da es ansonsten der Rahmen unserer Sitzung sprengt.

Weiter im Text, ich und Dave Campyer (Computerspezialist) sind der Hackerattacken sowie die Verletzungen der Namensrechten nachgegangen, denn bei den anderen internationalen Grosskonzernen, welche natürlich nicht Mitglieder vom Circle sind, ist dieses Phänomen nicht aufgetaucht. Ich werde mich später, noch dazu genau äussern.

Die Geldsumme von 7-7.091-30~200 Milliarden Dollar, genauer gesagt die Zahlenkombination stellt dar oder steht für folgendes: Die Zahl Sieben steht für die ersten Mitglieder vom Circle.

Die 7.091 Milliarden Dollar ist genau die eingebrachte Gesamtsumme in den Fond der Previnbank, von den sieben Mitgliedern.

Die Zahl 30 bedeutet, die jetzige Mitgliederzahl vom Circle, sogleich die Zahl ~200 den Wert vom Hauptkonto von der UIC darstellt."

Gerade wurde Don wieder unterbrochen, als Dr.Westermann vor sich halb fluchend den Sitzungssaal betrat und seinen Platz suchte, wobei Don meinte, jetzt sind wir vollzählig und dann mit dem Vortrag weiterfuhr.

"Für einen Aussenstehender ist die Zahlenkombination nicht nachvollziehbar, sogleich auch deren Bedeutung nicht klar, aber für uns, bei ein bisschen nachdenken, kinderleicht zu verstehen. Ich habe Dave den Auftrag gegeben der Sache nachzugehen um Informationen zu sammeln.

Die Person konnte identifiziert werden mit dem Namen Danny Chester, wohnhaft in Detroit.

Bis jetzt sind keine Geldsummen gefordert worden für das Stillschweigen seines Wissens.

Jedenfalls haben wir jetzt, einen unerlaubten und unbeliebten Mitwisser, womit der Circle erpressbar wird, zuzüglich den Grosskonzernen, inklusive uns allen. Somit müssen wir heute dringend zu einer Entscheidung kommen, welche uns dann zum baldigen sofortigen Handeln zwingt.

Daraus Resultierend sind verschiedene Situationen möglich:

Punkt 1: Danny Chester fordert eine Geldsumme, es wird bezahlt, danach belässt er die Erpressung, welches in den meisten Fällen unwahrscheinlich ist.

Punkt 2: Danny Chester fordert mehrmals eine Geldsumme, es wird mehrmals bezahlt, und trotz der Bezahlung, tritt er an die Öffentlichkeit und gibt die Informationen an die Medien weiter, das absolute Horrorszenarium.

Punkt 3: Eher unwahrscheinlich aber möglich. Ohne Bezahlung geht Danny Chester an die Öffentlichkeit und gibt die Informationen an die Medien weiter aus persönlich motivierten Gründen, wiederum ein Horrorszenarium. Persönlich motivierte Gründe könnten zum Beispiel sein: Eine Entlassung von Danny Chester fristlos oder nicht, bei einer unseren Grosskonzernen.

Er fühlt sich ungerecht behandelt und will es uns so richtig heimzahlen. Oder er hat politische Ambitionen, wie gegen die Öffnungen von freien Märkten, gegen internationale Grosskonzerne im allgemeinen, oder Chester ist ein grüner alternativer Kommunist.

Punkt 4: Er ist berufstätiger Hacker, oder ein Hobbyhacker mit relativer hoher Intelligenz, will einfach schauen wie weit er gehen kann.

Jedenfalls müssen wir davon ausgehen, dass Danny Chester ein hohes Mas an Computerkenntnisse besitzt, ist evtl. auch ein Computerspezialist mit Masterabschluss.

Punkt 5: Lass ich aus, denn es sind natürlich mehrere Möglichkeiten offen, somit erwähnte ich auch die Wahrscheinlichsten nach Reihenfolge 1-4, welche eintreffen könnten.

Bitte meine Herren ich erwarte eure Ideen und Vorschläge."

Die CEOs wie Verwaltungsratspräsidenten begriffen allmählich langsam wie schwerwiegend die Situation war, welches zu einer heftigen beginnenden Diskussion führte.

Dr.Westermann, kam den ganzen Tag lang nicht mehr aus dem Fluchen und seiner inneren Unruhe hinaus, er begriff als Erster von Allen die Situation und Problematik. Er glaubte die Sitzung wurde einberufen um über die baldige Realisierung der 200 Milliarden Grenze zu diskutieren und vor-zu feiern, etwas Erfreuliches mit klirrenden Weingläser beim Anstossen, nicht verdammt nochmal über so einen absoluten Scheiss.

Seine Albträume drängten sich von seinem Unterbewusstsein hinauf an die Oberfläche und vermischten sich mit der Realität.

Er konnte sich jetzt, mit diesen Informationen ein Versagen in der Realität tatsächlich vorstellen, wie in diesem verdammten Roulettekessel.

Seine schlimmsten Albträume konnten Real werden, er sah wie das Gold aus seinen Händen rannte wie Sand am Meer, sinnbildlich natürlich, sonst ein Ding der Unmöglichkeit.

Somit stellte er als erster eine Frage wobei der Schweiss aus seiner Stirn drang "Don, wie konnte Das nur passieren, die UIC ist eine unbekannte, wie geheime Bank, mit wenig, genauer gesagt mit fast keinen Mitarbeitern, da die ganze Hardware, wie Software nach meinem Wissen auf dem neuesten, aktuellsten Stand ist?"

Don Brenner reichte die Frage an Jep Den Wipperis weiter, denn der Computerspezialist Dave Campyer gehörte nicht zu den Mitgliedern vom Circle, somit wurde er auch nicht in die Diskussion einbezogen.

" Vollkommen korrekt, das Computersystem von der UIC ist absolut auf dem neuesten Stand mit unzähligen Abwehrprogrammen, der teuersten Firewall die auf dem weltweiten Markt erhältlich ist, zudem wurde eine eigens entwickelte Software von Dave Campyer mit verschiedenen Verschlüsselungs-und-Überwachungsstechnicken installiert.

Die UIC scheute keine Kosten für die Sicherheit der Computersysteme, ist um das Dreifache teurer als bei einer handelsüblichen Bank.

Wir alle wissen, wie auch immer wieder in den

Zeitungen berichtet wird von Hackerattacken bei Firmen, Staatsbetrieben, Staatsbehörden usw., sogar die NSA ist schon gehackt worden, Dies mit verschiedenen Absichten und Hintergründen, somit ist auch die UIC nicht gefeit davon."

Don Brenner übernahm das Wort "Ich hoffe Karl, die Antwort reicht dir aus.

Wir sollten uns wirklich absolut auf Lösungswege konzentrieren, denn wir müssen heute eine vertretbare Entscheidung fällen, ansonsten läuft uns die Zeit davon, eine weitere derartige Sitzung lohnt sich nicht. Denn, wieso und warum diese Situation entstanden ist, und wir es mit einem Danny Chester zu tun haben bringt nichts. Also bitte meine Herren."

„Trotzdem Don, konnte die Sicherheitslücke bei der UIC geschlossen werden?" hackte Westermann nach.

„Dave versicherte mir das ein weiteres Eindringen in das Computersystem nicht mehr möglich ist, diese Antwort reicht mir vollkommen aus von Dave, er geniesst mein vollstes Vertrauen, zudem überwacht er jetzt fortwährend das System und die Programme mit beträchtlichem Aufwand.

Trotzdem hat Chester das Wissen und Informationen über die UIC illegal sich zu Eigen gemacht."

CEO von der Bank DCNight Chase&Co" Ich würde gerne mehr über die Person Danny Chester erfahren, wurde ein Privatdetektiv auf ihn angesetzt?"

Don" Chester ist 29 Jahre alt, wie erwähnt wohnhaft in Detroit, arbeitet zurzeit angestellt als

Elektroinstallateur in einer kleinen 5 Mann Firma namens Detroit Elektro&Co.
Informationen wurden von Dave zusammengetragen, ein Privatdetektiv wurde zurzeit nicht auf ihn angesetzt. "
Wiederum Wany Sommerset von DCNight Chase & Co, eine der drei wenigen anwesenden Frauen im Saal." Ich denke mir, einen Privatdetektiv anzuheuern wäre Sinnvoll für mehr Informationen zu sammeln, zudem schlage ich vor, vorerst abzuwarten bis auf Weiteres.
"Michael Friedli von der Nopharmica Chemie aus der Schweiz." Schliesse mich Wany an, bis jetzt sind zu wenig Informationen vorhanden um übereifrig zu reagieren."
Lef Wenderburg von MevronOil kam scharf zu Wort" Was meinst du mit oder von übereifrig, jetzt ist sofortiger Handlungsbedarf notwendig, wir in unserer Firma lösen solche Fälle mit einer der bekanntesten internationalen Anwaltskanzlei Backenzie, mit den halt teuersten Anwälten.
Dan Chister oder wie auch immer er heisst, muss nur so richtig unter Druck gesetzt werden,
mit Androhungen von Strafmassnahmen und Verfolgung, bis, wenn nötig zur Klageerhebung."
Dr.Westermann schoss aufgebracht ins Wort von Lef" Wie stellst du dir Das eigentlich vor, das können wir auf gar keinen Fall veranlassen, bist du dir eigentlich mit den Risiken im Klaren. Wir können folglich nicht Wissen wie Dan Chister, verdammt nochmal wie heisst er zugleich nochmal Don?"

Don "Danny Chester."

„Ja, genau, wo bin ich stehen geblieben, habe den Faden verloren, wir können nicht Wissen wie Danny Chester folglich darauf reagiert, da sind zu viele Unbekannte.

Zudem hasse ich Anwaltskanzleien wie die Pest, das sind einfach ausgefrorene Gauner, welche meinem Konzern der Deutschen Spar&Anlagenkasse Unmenge Geld kosten, von dessen Leistung gar nicht zu erwähnen, schon gar nicht die Gerichtsurteile mit ihren Richtern, ohne irgendeine Ahnung von der Weltwirtschaft.

Bist du dir bewusst, dass du das absolute Gegenteil erreichst, somit ziehst du nur noch mehr Mitwisser ins Boot, bis zur Eskalation mit den Medien und der Öffentlichkeit. Das war absolut unüberlegt von dir.

Es ist einfach Tatsache, wortwörtlich können wir nicht mit einem absolut illegalen System, wenn ich das mal so nennen darf Don, hohe Summen durch den Circle nebenbei verdienen, welches um das Vielfache von unserem Jahressalär ist, worüber schon in den Medien und in der Öffentlichkeit heftig diskutiert wird und wurde, dass mit aller Schande über die Manager, wörtlich uns gemeint.

Eben wie gesagt, wir müssen schon den Tatsachen in die Augen blicken und nicht die Scheuklappen anlegen, wir riskieren Kopf und Kragen, Dies nicht nur im wörtlichen Sinn."

Alle Mitglieder lauschten Karl aufmerksam zu und bestätigten mit einem Nicken seine Rede.

Lef eingeschnappt "Karl für deine schlechte Laune haben wir hier alle nichts dafür, wie die Geschichte mit deinem super neuen Privatjet, bis jetzt hast du uns auch noch keinen Lösungsvorschlag unterbreitet?"

„Ja ja" wie leck mich doch am Arsch, welches nur die wenigen deutschsprachigen Manager verstanden, mit der Reaktion eines Schmunzelns auf den Lippen, sprach Dr.Westermann weiter. "Lef, ich muss ehrlich zugestehen, mit diesen kürzlich aktuellen Informationen, ist mir wirklich noch keine sachliche und nützliche Idee eingefallen, zudem glaubte ich, die Sitzung wäre zum erfreulichen Anlass der baldigen 200 Milliardengrenze einberufen worden. Ich, und wir alle brauchen mehr Zeit um Nachzudenken, über dieses Fiasko. Du musst meine Argumentationen nicht persönlich nehmen."

Lef, mit englischem Akzent, «Ja, ja», und schmunzelte zerknirscht.

Don, "Verstehe natürlich, dass die meisten von euch mit dem Hintergedanken der erfreulichen 200 Milliardengrenze hierher angereist seid, zu meinem eigenen Bedauern, wie auch Gründer vom Circle, ist nun das Thema der Sitzung anderweitig. Der Gedanke und Ansatz von Dr.Westermann, mit dem Wort oder Satz, der kürzlich aktuellen Informationen, gebe ich euch allen nach dem Essen eine halbe Stunde Zeit dafür. Also meine Herren, die Sitzung wird später weitergeführt, ich erwarte Konstruktive Lösungen, und Dies unbedingt heute, der Zeiger von der Uhr zeigt 5 Minuten nach acht, begeben wir uns jetzt zum Abendessen. Der Küchenchef persönlich, teilte mir mit, dass ein vorzügliches Festmahl für uns zubereitet wurde mit kulinarischen Köstlichkeit der absoluten Spitze, lassen wir uns einfach überraschen und unsere Gedanken für eine kurze Weile an einen anderen Ort abschweifen, wieso nicht in die Südsee, an einen perlweissen Strand. Guten Appetit."

Wobei Don Brenner Allen voran, voraus schritt, wie immer.

9. Sen Kanter und Phillippe Mekenter

Zur gleichen Zeit, wobei die Sitzung seit über einer Stunde abgehalten wurde, betrat Sen Kanter das menschenleere Entree vom Hotel, spazierte lässig zur Rezeption, begrüsste seinen langjährigen Freund aus der Schulzeit und der Football Mannschaft, den Concierge Phillippe Mekenter.

„Hallo Phillippe, was ist denn bei euch los, überrascht sah ich vom Glashaus, während meiner Arbeit, die unzähligen Bonzenlimousinen heranfahren, sowie die etlichen Krawattenaffen aus ihren Fahrzeugen aussteigen, was läuft hier eigentlich?"

Phillippe erwiderte "Hallo Sen, schön besuchst du mich mal wieder. Keine Ahnung, ich weiss es auch nicht ganz genau, eine Sitzung ist hier im Gange, welche kurzfristig, noch kurzfristiger geht`s nicht, einberufen wurde. Soviel hohe Tiere habe ich schon lange nicht mehr an Ort und Stelle gesehen, genauer gesagt noch nie. Sogar Don Brenner der Verwaltungsratspräsident der Bläckybank ist anwesend, muss anscheinend ausserordentlich wichtig sein.

Der Stadtpräsident von Boston, schleicht auch irgendwo in der Gegend herum.

Der Besitzer vom Hotel, die Bläckybank, anvisierte den Hoteldirektor, das Hotel diskussionslos für mehrere Tage zu räumen, ansonsten für den 4.und 5.November.

Der kopfschüttelnde Hoteldirektor folgte den Anweisungen, erzählte irgendeine Geschichte den Touristen und Geschäftsleuten, von Wasserschäden und elektrischen Kurzschlüssen, welche durch Handwerker-Firmen per sofort behoben werden müssen. Erwähnte die Sicherheit und sonstige Argumente.

Den Gästen wurden andere Zimmer in der Stadt Boston reserviert, erhielten sogar einen Gutschein in der doppelten Höhe der Hotelbuchung, was natürlich Jeden freute. In meiner ganzen Karrierezeit erlebte ich so was nicht."

„Schade Phillippe, erzähltest du mir nichts davon, vielleicht hätte ich bei euch auch eingecheckt um einen Gutschein zu ergattern."

„Ja Sen, du bist ein Schlitzohr." Beide fingen an zu lachen.

Nach einem Kaffee und weiterem Geplauder fragte Phillippe Sen mit einem Augenzwinkern" So hättest du Zeit und Lust Sen, heute könnte sich die Gelegenheit ausgesprochen lohnen, du verstehst sicherlich was ich meine?"

Sen nickte und grinste nur, denn seine Arbeit im Glashaus war beendet und verrichtet zum guten Glück.

Die richtigen lukrativen Geschäfte fingen erst an.

"In genau 15 Minuten Sen", wobei Beide ihre Uhren abglichen, „gehe ich zum Hauptsicherungskasten."

„OK, alles klar, wir sehen und hören uns."

10. Fortsetzung Kapitel 8 (Sitzung Circle)

Etwa um 23.15 Uhr nach dem reichhaltigen Essen und der halbstündigen Gedenkpause, mit ausgesprochenem Alkoholverbot für die Aktivierungserhaltung der Gehirnzellen und Vorbeugung der Müdigkeit, wie es Don Brenner nannte, wurde die Sitzung weitergeführt.

Jim Stayli, welcher während dem fast Gespräch-losem Essen nachdachte und grübelte, tief in seinen Gedanken versunken, ergriff überraschenderweise für die Mitglieder, energisch das Wort.

"Tut mir leid, auch wenn es für euch teils hart erklingt, ich bin zum Schluss gekommen, dass die Zielperson Namens Danny Chester eliminiert werden sollte und muss. Ich würde den Auftrag mit voller Verantwortung übernehmen, zur Sicherstellung und Weiterführung des Circles.

Womit vor allem in erster Linie unsere Sicherheit, und dann der Grosskonzerne gewahrt wird, ansonsten hat Dies ungeahnte, fatale Konsequenzen für uns."

Don Brenner freute sich ungeheuerlich über die Antwort und den Einsatz von Jim Stayli, lies es sich nicht anmerken, die Antwort auf die Lösung dessen Problem war absolut korrekt. Don dachte lange Zeit beim konkreten auftauchen der Gefahr nach, kam schlussendlich zum gleichen Ergebnis wie Jim Stayli. Jim wollte sogleich mit seiner Rede fortfahren, als

Im Gegenteil zu Don, schauten alle Mitglieder halbwegs geschockt und erstaunt, Jim Stayli an, welches zu einer weiteren hitzigen Diskussion führte. Hatten die Mitglieder wirklich richtig gehört was Jim vorschlug, oder den vorgetragenen Satz etwa falsch verstanden?

Keines der Mitglieder wäre nur Ansatzweise jemals auf die Idee gekommen, dass, das Ganze mit einem Mord enden soll, nur die Vorstellung davon, brachte die ganze Sitzung ausser Kontrolle und zu einer Eskalation, einige Mitglieder wollten den Saal verlassen.

Don Brenner griff ein, damit die Sitzung nicht aus dem Ruder lief.

Don ermahnte Jim mit einem lauten Lachen.

"Ich entschuldige mich für das übereifrige Vorgehen von Jim und seiner Antwort auf die Lösung des Problems, wie ihr alle wisst, war Jim bei der Armee, welche natürlich solche Angelegenheiten auf eine andere Art und Weise lösen. "

Don lachte abermals laut auf, um zu unterstreichen, dass Jims Vorschlag, eher ein Witz darstellte und glich.

„Zudem würde allenfalls noch die Idee auftauchen als würde die Bläckybank ihre Geschäftsprobleme mit Auftragsmorden oder Sonstigem lösen, wäre natürlich auch zu Überdenken."

Brachte Don, als kleinen Witz ein.

Ein Teil der Mitglieder, reagierten mit einem geschmähten Lachen, oder ausdruckslosem Gesicht, aber die meisten Circle-Mitglieder konnten wieder einigermassen entspannt durchatmen.

Jim Stayli war verärgert darüber, wie ihn Don ermahnte und zurückwies.

Michael Friedli meinte lächelnd und mit entspannten Gesichtsausdruck, „Jim, du kannst uns nicht mit solchen Antworten schockieren, und über diese heikle Situation makabre Witze zur Lösung des Problems einbringen.

Ich bin nach wie vor der gleichen Meinung wie Wany, warten wir mal ab, wie sich die Situation entwickelt, wie Danny Chester weiter vorgeht, beheben die Namensrechtsverletzungen per sofort und engagieren eine Privatdetektei, welche rund um die Uhr, Danny Chester bewacht.

Zudem, sollten wir ein oder zwei Mitglieder vom Circle bestimmen, welche nahe am Geschehen sind, genauer gesagt in den USA wohnhaft sind, welche die Operation leiten, und wenn nötig, alle Mitglieder informiert.

Bei einer Eskalation, muss schlimmstenfalls, nochmals eine Sitzung abgehalten werden.

Ich schlage vor, wir stimmen jetzt darüber ab, ich habe keine Lust, bis weit in die Nacht hinein, über Danny Chester zu diskutieren."

Don, „OK, ich übernehme dankend deinen Vorschlag entgegen, ich berufe somit nochmals eine halbstündige Pause ein, um sich zu beruhigen, um die Beine auszutreten, eins zu rauchen, vor allem sich über den Vorschlag von Michael und Wany Gedanken zu machen, danach stimmen wir ab."

Nach der langen 40-minütigen Pause traten

nochmals alle Mitglieder übermüdet den Sitzungssaal.

Don übernahm sogleich das Wort" So, jetzt können wir weiterfahren, bitte schaut alle nach vorne, alle wichtigen Informationen sind auf der Leinwand projiziert, die linke und erste Spalte beschreibt Danny Chester, die Zweite, die derzeitig entstandenen Situationen, die dritte Spalte, was für folgen daraus resultieren, die Vierte, Lösungsvorschläge von euch, Vorschlag Jim wurde natürlich ausgelassen, "alle schauten wiederum Jim an, "mit der fünften Spalte habe ich versucht, die zukünftigen Reaktionen von Danny Chester nieder zu schreiben.

Bitte studiert jetzt für kurze Zeit, ca.5 Minuten, den niedergeschrieben Text von mir auf der Leinwand."

Nach den angesagten verstreichenden 5 Minuten, wurden daraus 35 Minuten, da doch einige Mitglieder zusätzliche Fragen an Don richteten, welche er langsam ein wenig genervt beantwortete.

„Wir stimmen nun über Wanys und Michaels Vorschlag ab, die Mehrheit bestimmt.

Bei nicht Annahme, wird die Sitzung bis zum endgültigen Abschluss geführt."

Don zählte die ausgestreckten Hände ab, respektive die nicht ausgestreckten, welche in absoluter Minderheit waren, die Abstimmung war eindeutig.

„OK, nun ist alles klar, 25 dafür, 5 dagegen. Wanys und Michaels Vorschlag wurden eindeutig vom Circle angenommen."

15 Mitglieder standen voll für Wanys und Michaels

Vorschlag, vier Mitglieder fragten sich wozu sie überhaupt nach Boston flogen für eine solche Lächerlichkeit, dessen sie mit üblichen rechtlichen Mitteln gelöst hätten nach Lef Wenderburg Argumentation, zehn Mitglieder interessierte die Angelegenheit nicht gross, wollten endlich die langandauernde Sitzung bald zu Ende führen und stimmten einfach dafür.

Jim behielt seine Meinung und Standpunkt, stimmte dagegen.

Die Mitglieder gaben den Auftrag an den Verwaltungsratspräsidenten Don Brenner und mit leichtem, eher schwerem bedenken, nach Vorschlag von Don Brenner an Jim Stayli, für die Ausführung und um die eingegebenen Massnahmen umzusetzen und zu vollziehen.

Als Vermittler, und Kontaktperson zu den Mitgliedern, wurden Michael Friedli und Wany Sommerset ernannt. Um 1.00 Uhr spät in der Nacht, genauer gesagt am Morgen, beendete Don Brenner die Sitzung.

Alle waren komplett erschöpft, sowie übermüdet, durch Teils der langen Anreise und der dahinziehenden Sitzung. Die meisten Mitglieder gingen zu Bett, welche froh waren sich nicht mit dieser Problematik und Auftrag auseinanderzusetzen, konnten spätestens übermorgen ihrer üblichen Arbeit nachgehen, wobei einige andere Mitglieder noch dringende internationale Telefonate führten, bevor auch Diese, zur langersehnten Nachtruhe kamen.

11.Frühstückstisch im Bläcky

Der 5.November um 8 Uhr morgens, als alle
Konzernbosse am Frühstückstisch im Bläcky sassen.
Der grosse Speisesaal war vollkommen leer, mit
unzähligen Tischen ohne Gäste, es kam das Gefühl
auf, als sogleich eine grosse hereinstürmende Schar
Touristen die Stühle in Beschlag nahmen.
Auf dem reichlich gedeckten aneinander gestellten
Tischen mit Kaffeekrügen und zehn verschiedenen
Kaffeesorten, um die Manager wieder bei Laune zu
halten und zur körperlichen und geistigen
Höchstform zu bringen, Red Bull trinkende Manager
würden kein guter Anblick sein.
Den Führungsorganen lag es in den Genen und der
Natur, dass sie wenig Schlaf brauchten, sich schnell
erholten, und schon in wenigen Minuten nach dem
Aufstehen nur so von Energie strotzten, man konnte
sagen, es waren hyperaktive,
Geld- und Machthungrige Menschen, mit einer
hohen Intelligenz. Trotzdem sah man einigen
Managern an, dass der gestrige Tag ihre
Energiereserven beträchtlich in Anspruch
genommen hatte, durch verschlafene gähnende
Gesichter, geringe Gesprächsfreudigkeit.
Don versuchte den Trupp aufzuheitern, lies einige
Witze über die Finanzindustrie aus seinen alten
Tagen von sich hören, obwohl ihm selber nicht
danach zumute war.

Denn, der Circle wurde zum allen ersten Mal von den Mitgliedern selbst in Frage gestellt, das passte Don Brenner überhaupt nicht, ganz und gar nicht. Die innerliche Wut brannte immer noch in ihm und konnte nicht loslassen, Das seit der gestrigen Sitzung.

Die Begründung der Mitglieder: Beim öffentlichen bekannt werden und auffliegen des Circles, Kenntnisnahme der Justiz, vor allem der Amerikanischen, welche jenseits der Vorstellungskraft keine Grenzen bei Geldbussen kannte, auch mit Gefängnisstrafen und persönlichen Bussen, welche sehr wahrscheinlich nicht nur gering ausfallen würden, geschweige von einer Bewährung abgesehen. Der Circle stellte eine viel zu grosse Angelegenheit dar, da müsste man schon tomatisiert sein auf den Augen.

Einfach gesagt, der Circle war und ist eine kriminelle Vereinigung in der realen Weltwirtschaft.

Dem Weiteren wurde die Frage gestellt, ob der Circle weitergeführt werden soll, oder ob man das Konstrukt, auf eine andere Art weitergeführt werden sollte.

Diese Fragen und Andere sollten bei der nächsten Sitzung diskutiert werden. Nach Don Brenner wird solchen Gleichens überhaupt nicht diskutiert, auf gar keinen Fall, er würde sogleich dieses Thema abblocken, und wenn's sein muss, die Sitzung Diskussionslos verlassen.

Im Gegenteil zu den Mitgliedern, sah Don Brenner den Circle als Eine, respektive seine Genialität in der

Geschichte der Wirtschaft an.

Bei den Gedanken erbleichte Don Brenner, riss sich kurzerhand wieder Zusammen um keine Schwäche zu zeigen, solange er lebte würde der Circle bestehen, auch wenn er dazu, seine eigenen ganzen Kräfte mobilisieren musste, Geld spielte dazu keine Rolle und die dazu nötigen Personen zu bestechen, sowieso nicht.

Das Konstrukt Circle, konnte jeder Zeit, wie eine Baustelle aufgestellt, verändert, abgerissen, umbenennt, verlegt werden. In seinen Gedanken verloren trat der Hoteldirektor Frank Salvet an Don heran.

Don zuckte zusammen als er hinterrücks die Stimme Hörte, " Es freut mich Herr Brenner und sie Alle, wiedermal als Gäste in unserem Haus zu begrüssen, ich hoffe sie verbrachten hier bis jetzt eine angenehme Zeit und wurden bestens bedient."

Don konnte den Hoteldirektor nicht ausstehen, somit klang auch eine leichte unüberhörbare Ablehnung aus seiner Stimme heraus.

"Bis jetzt sind wir alle sehr zufrieden Herr Salvet, sind auch keine anderen Gäste anwesend, wie haben sie die Aufgabe mit der Räumung der Hotelgäste in so kurzer Zeit vollbracht?"

„Danke Herr Brenner, ich habe als Erklärung bauliche Defizite und dringende notfallmässige handwerkliche Arbeiten am Hotel Bläcky den Gästen kommuniziert, erstaunlicherweise lief alles ohne irgendwelche Probleme ab, die Gäste nahmen es gelassen an, als ich ihnen ein lukratives Angebot präsentierte."

Don konnte es nicht lassen zu erwähnen" Hoffentlich nicht zu lukrativ, wieso sehe ich sie, Herr Salvet, eigentlich erst heute, bin eigentlich nicht gewohnt, dass der Hoteldirektor die Gäste einen Tag später begrüsst."

Interessiert lauschten die Anwesenden am Tisch zu, ob sich eine Konfrontation zwischen Hoteldirektor und Don Brenner anbahnte, diese blieb aber aus.

"Herr Brenner, leider erledigte ich gestern wirklich dringende und private Geschäfte, ich muss mich jetzt leider entschuldigen denn es warten doch noch einige Arbeiten im Bläcky auf mich."

Don "Ja, wir wünschen ihnen auch noch einen schönen Tag."

Salvet verschwand so rasch wie möglich, um sich nicht noch in weitere Diskussionen mit Don Brenner zu verstricken.

Don überlegte sich, ob er beim Personalbüro, den Wochen-und Monatsrapport anfordern sollte von Salvet, um nachzusehen, ob er den gestrigen Tag als Arbeitszeit verrechnen würde, dann konnte er die sofortige Entlassung von Herr Salvet einleiten, wieso eigentlich auch ohne Begründung fragte er sich.

Es ist einfach ein unmögliches Benehmen eines Hoteldirektors, hochrangige angesehene VIP Gäste am nächsten Tag zu begrüssen wie zu empfangen, er sollte sich am Chefkoch ein Beispiel nehmen.

Er würde bei der nächst möglichen Gelegenheit veranlassen, dass der Koch eine höhere Entlohnung erhielt als der Hoteldirektor.

Während dem Morgenessen, wurden unter den Mitgliedern, verschiedene Themen über die gestrige Sitzung diskutiert, wie auch über das nächste einberufene Treffen des Circles, welches nicht mehr so spektakulär mit Betreff: Kurzfristigkeit, Landungen der Jets, Limousinen, Eskorte durchgeführt werden sollte.

Nach dem Morgenessen und den Gesprächen, verabschiedeten sich die Konzernbosse nacheinander von Don Brenner.

Die Piloten der Jets, wurden kurz nach dem erwachen der Manager instruiert, sowie auch informiert, um die Maschinen startklar zu machen, wenn nicht schon gestern Nacht, mit Ziel unterschiedlicher Destinationen in dieser Welt, womit die Konzernbosse wieder den Verpflichtungen und Verantwortungen der internationalen Grosskonzerne nachkamen.

Betreff Luftverkehr und den Jets: Jens Marshall hatte vorgesorgt und den Befehl erteilt im Tower, dass die Privatjets nicht mehr wie bei den Landungen, den öffentlichen Linienverkehr beeinflussen dürfen.

Die Jets durften nur so starten, dass kein einziges Linienflugzeug beeinträchtigt wurde.

Er selber, genoss seinen selbst anvisierten, freien Sonntag, ganz bestimmt nahm er keinen Anruf vom Stadtpräsidenten Jeremis Knicke-Arschloch entgegen.

So startete der letzte Privatjet, unter protest-sitzenden Managern in ihren Flugzeugen, erst um 20.00 Uhr nach Zürich.

Noch am Tisch zurückbleibend im Bläcky, waren
Don, Jep, Jim und Karl.
Das Stimmengewirr der Mitglieder verschwand wie
aus dem Nichts.

„Don, ich werde erst morgen früh nach New York
fliegen, könntest du mir den Jet hierher
zurückschicken, dass ich spätestens 9.00 Uhr
Montagmorgen zurückfliegen kann", fragte Jim.
„Jim, bemerktest oder vergast du, wir sind mit
meiner privaten Geschäftslimousine vom Flughafen
Boston hierhergefahren.
Ich anvisierte vorzeitig meinen Chauffeur nach
Boston zu fahren, denn ich habe einen
geschäftlichen Termin, wobei mich Jep Den Wipperis
begleitet, verfüge über den Jet wie es dir beliebt in
der nächsten Zeit, OK?
Hör zu Jim, ich möchte mit dir, schnell unter
vier Augen sprechen."
Don und Jim verschwanden in einen separaten
Raum, nahmen an einem kleinen Tisch Platz.
„Also Jim, es ist folgendermassen.
Ich komme direkt zur Sache.
Ich unterstütze deinen Vorschlag voll und ganz,
Danny Chester muss eliminiert werden, und Das so
bald wie möglich."
Jim war perplex, und überrascht, über diese
Antwort.
„Während der Sitzung, blieb mir nichts Anderes
übrig, als die Meinungen und Vorschläge von den
Mitgliedern nachzugehen und nachzugeben, ich
hoffe du verstehst.

Die Mitglieder haben die Situation irgendwie komplett nicht kapiert, grob gesagt es sind Idioten, ich bin sehr enttäuscht, jedenfalls sind wir nahe am Aus mit dem Circle und nicht nur Das, wir riskieren Kopf und Kragen, du bist der Einzige, welcher begriffen hat.

Denn beim öffentlichen bekannt werden vom Circle ist unser Aller leben vorbei und ein Gefängnisaufenthalt sicher, denn Das, ist die negative Seite vom grossen Geld, wie immer.

Wir müssen jetzt handeln und auf gar keinen Fall stehen bleiben.

Was mich am meisten wütend, stört und auch bedauert, sind die Reaktionen und Lösungsvorschläge der Mitglieder. Kann nicht sein, dass Diese, immense Summen privat kassieren aber keine Verantwortung tragen wollen, Dies auf Jahre hinaus.

Ich gebe dir den Auftrag, das bleibt absolut unter uns, das Problem per sofort, und ich meine per sofort mit Heute, anzugehen.

Also Jim, wie sieht genau dein Plan aus?"

„Danke Don, für dein entgegengebrachtes Vertrauen, ich bin tatsächlich Überrascht.

Folgendes, eine bestimmte Person, tauchte in meinem Hinterkopf auf, welcher den Auftrag übernehmen könnte. Ich werde so bald wie möglich diese Person nach dem Morgenessen per Telefon kontaktieren, die Eliminierung von Danny Chester ist folglich klar."

OK Jim, informiere mich so bald wie möglich über das weitere Vorgehen, für diesen Augenblick reichen mir diese Informationen, wir gehen jetzt zurück in den Speisesaal um Jep und Karl nicht lange warten zu lassen."

Don blickte zu Dr.Westermann, welcher er absolut leiden konnte und sprach ihn an, "Ich danke dir nochmals für den Wein und die Neujahrswünsche, hoffe natürlich Betreff diesen Januar auf dich zählen zu können, sehr wahrscheinlich kannst du den letzten Wein nicht mehr übertreffen und toppen. Was machst du noch mit dem angebrochenen Tag, fliegst du sogleich zurück?"

"Ich werde heute mit Jim noch die Stadt unsicher machen. Mein neues Flugzeug, erlitt unglaublicher weise einen technischen Defekt, wobei morgen Früh Samuel mit Diesem eintreffen wird, dann nach dem betanken ca. um 10.00 Uhr ist der Jet startklar.

Auf Samuel ist 100% verlass. Nach diesem ganzen Debakel, werde ich, respektive der Konzern, durch meine sofortige Veranlassung, eine zweite Maschine zulegen, ohne Wenn und Aber, wenn ich in Frankfurt eintreffe.

Don erwiderte mit einem Lächeln, "Ihr seid noch jung Karl, wobei ich sogar euer Vater sein könnte. Muss, auch einmal sein, in der heutigen, schnell lebenden Zeit, um den Kopf wieder frei zu bekommen, um während der Arbeitswoche in Boston herum zu schlendern.

Früher in meiner Zeit, sind wir Gott sei Dank, noch von den medialen technischen Geräten verschont geblieben, ohne Diese, aber heute total aufgeschmissen, vor allem in unserer Branche, nur als Beispiel mit der amerikanischen Hausfrau von Heute, welche nebenbei beim Kochen über das Internet, fast in Echtzeit, Aktien kaufen wie verkaufen und handeln kann, Dies weltweit an unterschiedlichen Börsenplätzen.
Vor Jahrzehnten, als unglaublich und unvorstellbar gegolten.
Karl, möchtest du nicht morgen nach New York kommen mit Jim, ich lade dich ganz herzlich ein. Bei einem guten Glas Wein, hätten wir sicherlich viele tolle Gesprächsthemen."
„Leider muss ich dir mit herzlichen Dank absagen, denn morgen muss ich in Frankfurt erscheinen, denn sehr wichtige Sitzungen und Termine sind von Meiner Chefsekretärin schon angesetzt und vereinbart, da meine Anwesenheit unabdingbar ist.
Aber nächste Woche könnte ich einen Abstecher nach New York eventuell tun, um mal für mich persönlich, private Einkäufe zu tätigen.
Ich werde dich per Telefon bald benachrichtigen."
Don freute sich auf diese Nachricht, denn irgendwie hatte er gefallen an diesem Typ Karl.
"Ich werde dir erst neueröffnete Läden in New York zeigen, wo echte antike Schätze und Raritäten zu kaufen sind aus Ägypten und Südamerika, welche teilweise auch aus Gold sind. Du Karl, welcher das

Gold so liebst, wieso schürfst du eigentlich nicht gleich selber nach Gold wie zum Beispiel in Alaska?"
„Komisch Don. Kannst du eigentlich meine Gedanken lesen, Dies werde ich wirklich nach meinem Ruhestand tun und verwirklichen.
Ich werde mir tatsächlich einen professionellen Trupp zusammenstellen um professionell nach Gold zu suchen, vielleicht wie gesagt in Alaska. Geld hat nach meiner Karriere nicht mehr den Stellenwert wie vorher, wobei es eine richtige Sucht danach ist, vor allem sieht man daran seinen Erfolg, welcher messbar ist an den Zahlen, natürlich das Wichtigste an seinem Lohn. Den angebotenen Verwaltungsratssitz der Bank nach meiner Abgabe des CEOs, werde ich beibehalten um noch eine gewisse Zeit abzukassieren unter uns gesagt. "Bei den Worten lächelte er schelmisch.
Don, Jep und Jim Stayli stimmten ein in sein Lachen, Karl mit seinem ewigen Gold. Hauptsache er hält nicht zugleich wieder einen Vortrag über Gold und seinen Stellenwert in der Marktwirtschaft."
„Karl, du bist so ein richtiger Haudegen", entgegnete Jim.
Plötzlich nichts ahnend, stand der Stadtpräsident am Tisch.
„So habt ihr fein gefrühstückt?"
Die Gemeinten dachten, nicht schon wieder.
Don war in guter Stimmung und gab ein Zeichen, er solle doch Platz nehmen, wobei der Stadtpräsident Dies nicht zweimal sagen liess.
Don sprach Jeremis entspannt an, um ein wenig

Smalltalk zu betreiben" Wie geht's Heute unserem Stadtpräsidenten von Boston so?"

"Einfach phänomenal bei diesem wunderbaren stahlblauen Himmel und seit einer Woche anhaltendem schönen Wetter, ein wenig kalt, aber aussergewöhnlich für den Monat November, sieht im Gegensatz zu dem mittleren Osten und Westen anders aus, wo die eisige Kälte teilweise das Land im Griff hat. Hoffentlich bleibt es noch eine Weile so. Wie geht es euch Allen so? " und sah in die Runde und beantwortete die Frage gleich selber, ohne die Luft anzuhalten "sicherlich gut, wenn man im besten und angesagtesten Hotel logieren kann, das Wetter in New York wird das Gleiche sein wie hier, glaub sogar an der ganzen Ostküste?"

Jim übernahm die Frage "Richtig." Kurz und bündig um nicht noch mehr Gelegenheit den Stadtpräsidenten für eine Rede zu geben.

Brachte aber nichts.

Wie vorhergesehen kam keiner mehr zu Wort, als der Stadtpräsident wiederum ausholte, unablässig von seinen Errungenschaften und seiner Stadt erzählte, zwischendurch mit der Korrektur, unserer Stadt, statt meiner Stadt. Zudem bedankte sich Jeremis mehrmals bei Don und seinem Konzern Bläckybank&Investchase Groupe für die Spenden seiner Stadt, erwähnte alle Projekte nacheinander Die durch die Spenden am Laufen sind oder schon realisiert wurden.

Fragen zu stellen der Anwesenden, ein Ding der Unmöglichkeit, folglich beantwortete

Herr Knick-Fender die Fragen gleich selbst.
Nach langem Gerede des Stadtpräsidenten,
unterbrach Don das Szenarium und stand vom Stuhl
auf, wobei Alle gleich und zuletzt der Stadtpräsident
das Gleiche taten, während fort er immer noch
redete.
Ein bisschen lauter als Muss, fiel Don dem
Präsidenten ins Wort," Das alles Freut mich sehr
Jeremis."
Der Satz auf keinen Bezug genommen seiner Rede.
"Wie du weisst Jeremis, sind wir alle sehr fleissige
Männer, um weiterhin die Spenden für deine Stadt
sicher zu stellen, leider müssen wir jetzt abbrechen,
da wichtige Termine noch heute anstehen."
Jeremis kam leicht ins Stottern.
„Schade, Selbstverständlich Don, das weiss ich
natürlich alles, dass ihr Alle, sehr beschäftigte Leute
seid, und die USA auf solche Persönlichkeiten zählt,
welche den Fortschritt bringen und erhalten, sowie
auch in der Zukunft usw. bla bla bla...Ich hoffe, ich
kann auf dich, Jim und weitere Angestellte von der
Bläckybank zählen, beim Erscheinen auf unserem
bekannten Neujahrsball, vielleicht bringe ich es
sogar fertig, dass der Stadtpräsident von New York
höchstpersönlich erscheint.
„Selbstverständlich", gab Don mit einer Lüge zur
Antwort und speicherte in seinem Kopf die
Informationen ein, einen unbedeutenden
Stellvertreter zu schicken, wieso auch nicht die
Angestellten, vom Empfang, im Foyer der

Bläckybank. Er reichte dem Stadtpräsidenten die Hand zum Abschied und drehte sich um.

Durch die andauernde Beschallung der Stimme vom Stadtpräsidenten, taten Don die Ohren weh, und fühlte eine Art Durcheinander in seinem Kopf, wieso tat er Das sich an und forderte Jeremis zum Sitzen auf, hörte sein Geschwätz über 40 Minuten an, man konnte es sogar Folter nennen für einen 84 Jahren alten Mann, Jeremis hatte im wahrsten Sinne seinen Beruf verfehlt, war sehr wahrscheinlich bei der CIA besser aufgehoben als Verhörtechniker, andererseits waren alle Stadtpräsidenten wie auch die Politiker die gleichen Schwätzer, glaubten das Geld verdiene man ausschliesslich durch bis zu 80 Prozent blödes Gerede.
Dadurch schlug Don die falsche Richtung zur Tiefgarage ein, bis Jim ihm auf die Schulter klopfte.
„He Don, alles in Ordnung bei dir, den Jeremis Knicke-Schwätzer sind wir glaub los. Don meinte, "Glaube ich erst, wenn wir wieder in New York sind." Alle drei lachten über Dons Antwort.
„Also, unsere Wege trennen sich hier, Jim vergiss ja nicht den Auftrag, welcher dir von mir sowie vom Circle zugesprochen wurde, per sofort anzugehen und zu erfüllen, wie du ganz genau weisst steht sehr viel auf dem Spiel. "Don zwinkerte Jim zu und nahm ihn beiseite, aus der Hörweite von Jep und Karl, "vergiss nicht, dir darf kein einziger Fehler unterlaufen, ansonsten sind wir tatsächlich, wortwörtlich gesagt, voll am Arsch.

Die Angelegenheit darf auf keinen Fall zurückverfolgt werden, auf gar keinen Fall.

Jim, du hast mein vollstes Vertrauen wie auch vom Circle, du hast mich bis jetzt noch nie enttäuscht, darum habe ich dich auch als CEO in die Bläckybank geholt, du hast die vollste Unterstützung von mir sowie vom Circle."
„Danke Don, ich werde noch heute meine Anrufe tätigen um den Stein ins Rollen zu bringen, jedenfalls werde ich dich schnellst möglich nach meiner Ankunft im Hauptsitz informieren, für mich ist alles klar soweit, wünsche euch beiden eine gute Fahrt zurück nach New York, wie erfolgreiche Geschäfte unterwegs ", antworte Jim kühl.
Beide traten wieder zu Jep und Karl.

12.Aussergewöhnliche Verzögerung der Abfahrt von Don, Jep und dessen Chauffeur Tanny, vom Bläcky in Boston

Alle vier liefen zur Rezeption, welche von Abwesenheit von Phillippe Mekenter glänzte. Mehrmals schlug Don Brenner auf die Receptionsglocke, immer energischer, das Erscheinen von Mekenter blieb aus.

Karl wurde nochmals von Don Brenner angesprochen, "Wie gesagt, ich würde mich freuen auf einen Besuch von dir in New York, gib mir einfach unkompliziert Bescheid, OK? Nun wünsche ich euch Beiden, einen angenehmen und erholsamen Aufenthalt in Boston."

Karl und Jim verabschiedeten sich jetzt endgültig von Don Brenner und Jep Den Wipperis. Das Taxi konnten sie auch per Handy herbeirufen, auch ohne Rezeption. Beide begaben sich zum Haupteingang des Hotels.

In der Zwischenzeit war Don hinter die Rezeptionstheke getreten, suchte die Telefonnummer, um ihn direkt im Hotel anzuwählen, fand aber keine.

Plötzlich tauchte Mekenter aus dem Nichts auf, bis er vor Beiden stehen blieb und sie schelmisch begrüsste.

Das blöde grinsende Gesicht von Phillippe, brachte Don Brenner auf irgendeiner Weise in Rasche, zudem stank er übel nach Rauch. Gleich kam Don in den Sinn, dass wahrscheinlich Mekenter in einer Ecke einen Joint geraucht hatte.

„Verdammt noch mal, was erlauben sie sich eigentlich, fast 20 Minuten warten wir hier auf sie, was ist das für ein Saftladen. Ist das Standard hier, läuft das immer so ab, dass die Gäste auf den Concierge und Bedienung warten müssen."

Phillippe nicht gewohnt so angefahren zu werden, wollte Don Brenner mit der gleichen Münze heimzahlen, besann sich aber eines anderen, gerade noch rechtzeitig, denn Don Brenner war nicht irgendein Hotelgast, sondern der höchste Chef von der Bläckybank, somit auch indirekt der Chef vom Hotel. Per Zufall sah der Hoteldirektor Frank Salvet gerade die Auseinandersetzung der Beiden, welcher kurzerhand entschloss, sich unbemerkt aus der Konfrontationszone, wieder zurück zu seinem Büro zu bewegen.

„Tut mir leid Herr Brenner, es ist wirklich nicht Standard, die Rezeption unbeaufsichtigt zu lassen, leider sind wir gerade unterbesetzt durch die persönliche Anweisung des Hoteldirektors, da ja, sie wissen ja, das Hotel zurzeit nicht ausgelastet ist. Deshalb befand ich mich in der Tiefgarage um einige Aufgaben zu erfüllen."

„Aha, ab wann wird das Hotel wieder voll ausgelastet sein?", hackte Don Brenner nach.

Phillippe Mekenter gab leicht stotternd die ehrliche Antwort zur Frage zurück," Nach Hoteldirektor Frank Salvet sollten wir erst wieder in einer Woche anfangen die Zimmer zu vermieten, der Restaurantbetrieb ist auch eingestellt für eine Woche."

Don Brenner konnte die Antwort nicht fassen. "Kommt gar nicht in Frage, der Hotelbetrieb wird sofort wieder aufgenommen, haben sie mich verstanden, das Hotel ist für die Feriengäste und Geschäftsleute, nicht ein Ferienparadies für die Angestellten. Fangen sie sogleich an, die Leute zu organisieren, und bitte informieren sie auch gleich den Hoteldirektor, nein lassen sie Das, ich werde gleich direkt zu Salvet marschieren." Don Brenner kam der Gedanke in den Sinn, dass dieser Salvet auch nirgends auffindbar war und lies sich vom zermürbten Concierge die Telefonnummer geben.

Scheisse dachte sich Mekenter, während Don und Jep wie auch der Chauffeur, der sich nach dem Ausstieg des Hotelliftes ihnen anschloss, den Weg zur Tiefgarage nahmen.

Im Treppenhaus angelangt, traten dann alle Drei durch die Tiefgaragentüre ins Dunkel. Dann suchten die den Lichtschalter, bis der Chauffeur Diesen tatsächlich fand und mehrmals betätigte, desto Trotz, das Licht ging nicht an.

Die tiefste Dunkelheit drang durch die ganze Tiefgarage, keine Sicht zur Limousine. Don fluchend voraus, nahmen sie Alle den gleichen Weg zurück zu Rezeption.

Telefonierend sah Mekenter wieder Don Brenner mit Begleitung vor sich stehen, er unterbrach den Anruf.

„Wie kann es sein das in der ganzen Tiefgarage das Licht nicht brennt, können sie mir darauf eine Antwort geben, da sie ja anscheinend dort, irgendwelche Dinge erledigten. "
Unsicherheit machte sich bei Mekenter breit, er hatte vollkommen vergessen, die Sicherung der Tiefgarage zu aktivieren, respektive hinauf zudrücken, wie blöd konnte man nur sein, er hoffte, dass Don Brenner bald aus dem Hotel verschwand. Sogleich kam Phillippe in den Sinn, dass dem nicht so bald war, er log Don Brenner direkt ins Gesicht.
„Ich bin deshalb in die Tiefgarage gegangen ob die Sicherung abermals hinausgefallen war, ein technisches Problem muss vorhanden sein.
Ich werde sofort die Sicherung einbringen", und lief davon, ohne auf Don Brenners Antwort abzuwarten.
Don und seine Begleiter schüttelten nur so den Kopf.
Don avisierte jetzt den Chauffeur Tanny Miles, sogleich das Fahrzeug für die Abfahrt bereitzustellen, wobei sich Jep in der Limousine gemütlich warten und an der Limousinenbar verköstigen sollte.
Don lief den direktesten Weg zum Büro des Hoteldirektors, vorbei durch den Empfang, nicht beachtend die protestierende Sekretärin, welche ihn nicht kannte, riss die Türe vor den aufgeschreckten erstaunten Salvet auf.
„So nicht Salvet, was für einen Saftladen führen sie hier eigentlich, geht es ihnen eigentlich noch.
Den Hotelbetrieb für eine komplette Woche zu schliessen mit dem namhaften Restaurant der Stadt Boston mit gleich dazu. Die Rezeption ist auch nicht

besetzt, kein Licht in der Tiefgarage usw.

Sind sie noch bei Trost, wie dem Concierge schon gesagt, der Hotelbetrieb wird per sofort wieder aufgenommen, haben sie das kapiert. Per sofort."

Ohne auf die Antwort vom verdutzten Salvet abzuwarten, verliess er das Büro und schlug die Türe heftig zu. Beim Weg zurück, liefen ihm Jep und Tanny Miles entgegen.

„Was ist los, ist irgendwas passiert?"

„Das Licht brennt jetzt, aber Don, du glaubst es nicht, das Fahrzeug ist verschwunden, wir durchsuchten die ganze Tiefgarage ab.

„Wie meinst du Das, das Fahrzeug ist verschwunden?"

„Ich weiss, dass ich die Limousine im ersten Untergeschoss persönlich abgestellt hatte, das Fahrzeug ist wie vom Erdboden verschwunden."

„Also, so geht es nicht mehr weiter. Tanny, in der Zwischenzeit organisierst du Augenblicklich eine Limousine, oder schlimmstenfalls einen Mercedes bei einer Autovermietung, um Zeit zu sparen, soll dieses Fahrzeug direkt hierher überführt werden.

Don und Jep liefen wieder einmal zur Rezeption und erkundigten sich beim verdutzten Mekenter wo das Fahrzeug abgeblieben war.

Dieser gab zur Antwort mit einem ganz kleinen unverkennbaren Lächeln für Don.

" Wie meinen Sie Das, welches Fahrzeug?"

„Mensch, Stellen sie sich nicht so an, meine Limousine natürlich. "Don konnte Mekenter einfach nicht mehr ernst nehmen.

„Keine Ahnung Herr Brenner, tut mir leid, könnte es sein, das einer der Manager das Fahrzeug nahm?"
„Unmöglich, der Schlüssel hat nur mein eigener Chauffeur vom Fahrzeug, zweitens überlasse ich keinem Einzigen diesen Mercedes."
„Wir hatten schon einmal, einen solchen Fall, dass ein Fahrzeug tatsächlich aus der Tiefgarage gestohlen wurde."
Don bekam ein ungutes Gefühl, registrierte an den Gesichtszügen von Mekenter, dass Dieser ihn anlog und mehr wusste, brachte ihm aber nichts.
„Mekenter lassen sie die Tiefgarage und die ganze Umgebung vom Hotel absuchen, zwar sogleich, zwar mit ihren nicht anwesenden beurlaubten Mitarbeitern, wenn das Fahrzeug nicht auftaucht, erstatten sie bei der Polizei eine sofortige Anzeige. Verdammt, das Fahrzeug ist eine Rarität, eine Mercedeslimousine aus den 40er Jahren, auf dem Markt nicht mehr erhältlich, unbezahlbar.
Ist die Tiefgarage Videoüberwacht und mit einer Alarmanlage gesichert, haben sie einen Elektriker aufgeboten und die Mitarbeiter für die Wiederaufnahme der sofortigen Arbeit verständigt?"
Drei Fragen für Mekenter waren zuviel, "Tiefgarage ist nicht überwacht, ausser dem Treppenhause per Kamera, aber ohne Aufnahmegerät. Mitarbeiter für die Rezeption sind unterwegs, die restlichen Angestellten vom Hotel müsste der Direktor selbst aufbieten, da ich die private Telefonliste der Angestellten nicht besitze."

„Gut, weiterhin bei der Arbeit bleiben ", gab Don kühl zur Antwort, sah so aus als würde und müsste er selber den Laden führen. Die Zeit rann ihm davon, sollte mit Jep schon längstens unterwegs sein, nahm bei dem Gedanken sogleich sein Handy aus der Tasche um den vereinbarten Termin auf spät abends zu verschieben. Der Chauffeur gesellte sich wieder zu ihnen. Anscheinend war zurzeit die Rezeption zu Dreh-und Angelpunkt für die Geschehnisse des Hotels geworden.

„Und?" fragte Don den Chauffeur.

„Die Limousine ist in 15 Minuten hier."

„Endlich funktioniert irgendwas. Mekenter, sie übernehmen den schriftlichen Bürokram für das Auto, die Vermietung, folglich wird die Abrechnung über das Bläcky Atlantichotel vorgenommen. Jep und Tanny, ihr geht zum Haupteingang und nehmt das Fahrzeug in Empfang, schickt den Vermieter zu Mekenter für den schriftlichen Papierkram.

Ich komme gleich nach."

Als Jep und der Chauffeur Richtung Ausgang liefen, kam eine Familie vollgepackt mit Koffer entgegen, zur Rezeption.

Don empfing die Familie freundlich" Willkommen im Bläcky Atlantic Hotel." Der Vater glaubte, den Hoteldirektor mit Anzug höchstpersönlich vor sich zu sehen.

" Besten Dank. Hätten sie noch ein Zimmer frei mit vier Betten, für drei Tage, und wie hoch wäre der Preis?"

„Wissen sie was, ihre ganze Familie übernachtet hier Gratis, da sie, die ersten Ankömmlinge dieser Woche sind."

Überrascht sah die Familie Don Brenner an.

" Danke vielmals, Dies ist mir auch noch nie passiert", gab die Mutter freudestrahlend zur Antwort.

„Überhaupt kein Problem, Bläcky Atlantikhotel ist ihnen immer zu Diensten, Mekenter lassen sie für die Gäste die Luxussuite herrichten."

Scheisse dachte sich Mekenter, Don Brenner fing jetzt schon an, Zimmer zu vermieten ohne Mitarbeiter des Hotels.

Das würde noch heiter werden, schlimmstenfalls müsste er die Luxussuite noch selbst herrichten.

Der Vater glaubte nicht richtig zu hören. Don verabschiedete sich von Allen an der Rezeption. Trat einige Minuten später abermals in das Büro des Hoteldirektors, welcher sitzend am Telefon war, um alle Mitarbeiter zur Arbeit einzuberufen, mit der Konsequenz, dass die Meisten sich nicht gerade darüber Freuten, sowie mürrische Antworten von sich gaben.

Ein Drittel der Belegschaft erreichte man nicht, Salvet blieb nichts Anderes übrig, als temporäre Mitarbeiter einzustellen. Eine Schweinerei, was Don Brenner von ihm verlangte, einen Hotelbetrieb im Eiltempo gleichentags hochzufahren. Er hielt das Telefonat kurz, um Herr Brenner nicht noch mehr zu verärgern, legte den Hörer nervös auf die Gabel.

„Entschuldigen sie nochmals, Herr Brenner für die

Unannehmlichkeiten, bin gerade mit der Organisation der Angestellten beschäftigt, wie kann ich ihnen behilflich sein?"

„Herr Salvet die ersten Hotelgäste sind gerade eingetroffen, ich empfing die Familie gleich selbst, die Luxussuite wurde soeben an die ersten Gäste dieser Woche für 3 Tage gratis vermietet. Darüber hinaus informiere ich sie, dass meine Limousine nicht mehr auffindbar, wie vermutlich aus diesem Hotel gestohlen wurde.

Weshalb wurde nicht veranlasst, dass die Tiefgarage alarmgesichert und videoüberwacht ist, so wie wichtige Teilbereiche des Hotels, wobei schon mal, ein solches Ereignis nach Mitteilung von Concierge stattgefunden hat? Was mich einfach zu tiefst verärgert, ist das Verschwinden meiner Limousine."

„Unglaublich, wirklich gestohlen aus unserer Tiefgarage. Aus unserem Haus. Nochmals, es tut mir leid Herr Brenner,

irgendwie läuft gerade sehr viel schief und in den negativen Bahnen, ich beauftrage heute noch eine Sicherheitsfirma um die Mängel zu beheben."

Hoffentlich verschwindet Don Brenner bald aus dem Hotel, dachte sich Salvet.

„Ich hoffe meine Limousine kommt wieder zum Vorschein, wie schon Concierge Mekenter mitgeteilt, ist diese Mercedeslimousine aus den 40er Jahren, unersetzbar, eine nicht käufliche Rarität.

Die Sicherheitsvorkehrungen wurden einfach unterlassen.

Das Bläcky Atlantichotel Boston ist ein 5 Stern Hotel, nicht ein Heruntergekommenes, welches sie zu hunderten in der New York Stadt vorfinden. Ich bin äusserst enttäuscht von ihnen als Direktor, ich verwarne sie persönlich, sie stehen nahe einer sofortigen Entlassung, verstehen sie Dies als mündliche Verwarnung. Noch irgendeine negative Mitteilung, die mir zu Ohren kommt, Betreff diesem Hotel, können sie gleich den Hut nehmen, mit nachträglichen Konsequenzen. Ich hoffe, sie haben mich verstanden, ich behalte sie im Auge.

Herr Salvet, sie haben es selbst in der Hand, reissen sie das Ruder herum und führen sie das Schiff auf den richtigen Kurs.

Führen sie einfach professionell das Hotel, sie werden Dies auch realisieren, wenn sie nur wollen. Ich verabschiede mich jetzt endgültig, denn wichtige Geschäfte stehen an.

Ich wünsche ihnen einen schönen Tag und viel Erfolg."

„Besten Dank, Herr Brenner, ich werde das Schiff wieder auf den richtigen Kurs führen, wie sie es nannten, ich wünsche ihnen ebenfalls eine gute Heimfahrt nach New York und einen schönen Tag."

Endlich, konnte Don Brenner das Bläcky verlassen, er empfand, sinnbildlich an Ort und Stelle zu treten, lief zum Eingangsbereich und bestieg die wartende Limousine.

„Chauffeur nehmen sie Fahrt auf, Kursrichtung New York. Endlich. "

Und ein tiefer Atemzug und Schnaufer ging durch die Lunge von Don Brenner, als sie auf die Hauptstrasse einbogen, und langsam das Hotel ausser Sichtweite kam.

13. Kontaktaufnahme mit Francis Tenner

Jim wollte sogleich die Türe vom Taxi zurückziehen, als er einen Widerstand spürte, sah eine Hand an der Tür, Sekunden später den Kopf vom Stadtpräsidenten, wer, und wie konnte es auch anders sein.

„Meine Herren, ich hoffe ich störe sie nicht, wäre sicher kein Problem, wenn ich sie zur Innenstadt begleite."

Bevor Jim und Karl eine Antwort gaben, sass der Stadtpräsident schon im Taxi. Weder Jim und Karl, kamen während der kurzen Fahrt, gar nicht zu Wort, als Jeremis jede nur Erdenkliche Merkmale der Stadt beim Vorbeifahren erklärte, dokumentierte wie auch darüber informierte.

Beim Irish Famine Memorial an der Washington Street hielt das Taxi an und lies die Insassen aussteigen.

Der Stadtpräsident bot ihnen an, die Stadt zu zeigen, wobei beide fast zu voreilig mit besten Dank ablehnten, nahmen aber anstandshalber die Einladung an, im Pauls Café kurz einzukehren.

Einige Zeit später, verabschiedeten sie sich, Karl und Jim, tatsächlich, endgültig von Jeremis Knick-Fender mit den Worten "Einen wunderschönen Aufenthalt in Boston und viele herzliche Grüsse an Don Brenner, bei Fragen und Sonstigem, bin ich jeder Zeit erreichbar für euch."

Und gab ihnen seine private Handynummer.

Jim Stayli und Dr.Westermann trennten sich ebenfalls von einander vor Pauls Café, um noch eigenen privaten Interessen nach zu gehen. Jim mit dem Grund, ein wichtiges Telefonat zu führen, Dr.Westermann um Läden aufzusuchen, welche reichlich goldenen Schmuck anboten. Karl kaufte bei seinen Reisen immer einen goldenen Gegenstand, seit längerer Zeit, eine Gewohnheit von ihm.

Beide einigten sich, am gleichen Ort, um 18.00 Uhr, sich wieder zu treffen.

Jim Stayli lief schnurstracks zur nächsten Telefonkabine, woraufhin er gleich Kleingeld einwarf, um keine Kreditkarte zu benutzen.

Wartete mehrmals das Freizeichen ab, bis endlich der Telefonhörer abgenommen wurde, im Hintergrund vernahm er laute Gesprächslaute und Musik.

Wahrscheinlich war Francis Tenner in einer Bar.

„Hallo Francis, hier ist Jim, wie geht's dir so, du alter Haudegen? Schon lange nicht mehr gehört und gesehen."

Mürrische laute kamen zurück „Wer ist hier in der Leitung, ich kenne keinen Jim."

„Sicher kennst du mich, wir waren zusammen in der US-Armee, vor vielen Jahren, ist schon eine lange Zeit her, wir haben einige Drinks, wenn nicht zu viele, in den Bars und Amüsement-Betrieben hinter die Binden gekippt."

Einige Sekunden verstrichen bis es Francis dämmerte, er lief aus der mit lauter Musik beschallender Bar hinaus ins Freie, um ihn besser zu verstehen. Beide hatten sich vor langer Zeit aus den Augen verloren, wobei Francis die Zeitungsberichte und Artikel, hauptsächlich im Wirtschaftsteil, über Jim las, wie seine Karriere verfolgte.

Durch den vielen Alkoholgenuss stellte er fest, dass sein Gehirn nicht mehr so schnell funktionierte wie früher, obwohl in der Armee und im Krieg, schnelle Entscheidungen und Befehle lebenswichtig waren.

Der Krieg, wie daraus resultierenden Gedanken, mit den Folgen nicht mehr richtig schlafen zu können, mit den vielen Albträumen, hatten ihn mit der Zeit zum Säufer und Tablettensüchtigen gemacht.

Er fand sich in dieser Gesellschaft nicht mehr zu Recht. Die Armee schickte ihn in Pension.

Er wurde ehrenvoll und mit Abzeichen aus der Arme entlassen, wobei was aus ihm wurde und wie Francis in der Gesellschaft mit der kleinen Pension zu Recht kam, interessierte den Staat nicht.

Die Arbeitswelt befremdete ihn. Das Kriegshandwerk war seine Arbeit und Berufung, Nichts Anderes, wobei er zu den Besten zählte. Francis versuchte und bemühte sich, in der sogenannten Arbeitswelt zu integrieren. Erledigte viele verschiedene Hilfsarbeiterjobs, da er keine Ausbildung besass und sich auch keine leisten konnte.

Er konnte sich einfach nicht anfreunden mit der Arbeit, sowie mit den festgelegten Zeiten.

Er völlig unterfordert. In der Armee war er jemand. Beim Job, war er einfach eine Nummer und Hilfskraft ohne eine wirkliche Befriedigung, geschweige vom eigenen Stolz der fehlte. Wie auch, bei dieser Arbeit, ohne einem wirklichen Ziel, einfach so langweilig ohne eine Anspannung, Nervenkitzel und Adrenalinstoss, das komplette und pure Gegenteil von einer Armee.

Der Alkohol tat das Beste, dass er nicht mehr Arbeitswillig war, hing die meiste Zeit in den Bars und Clubs herum, um sich zu betrinken und die Zeit tot zu schlagen, um vor-allem nicht nachzudenken. Finanziell stand er jetzt am Ende, hatte überall Schulden und brauchte dringend Geld, um sein Leben mit dem Alkohol zu finanzieren.

Jim merkte wie die Zeit verstrich, das Handy wurde nicht abgehängt, durch den Telefonhörer vernahm er das laute Schnaufen von Francis Tenner.

„He Francis bist du noch dran?"

„Ja bin ich. Musste hinausgehen um dich besser zu verstehen, wegen dem Lärm hier, habe dich nicht gleich wiedererkannt, sind doch einige Jahre her. Wie geht's dir Jim, und wie läuft es mit deiner Kariere, hab Diese, die meiste Zeit mitverfolgt, bist anscheinend ein hohes Tier bei der Bläckybank?"

„Mir geht es soweit gut, danke Francis, bin eben viel am Arbeiten, wie du dir vorstellen kannst."

Das konnte sich Francis eben gerade nicht, erwähnte auch nicht, dass er Stellenlos war.

"Ja gut Jim, wieso rufst du gerade mich an, nach so vielen Jahren, willst du wieder in die Armee

eintreten um ein bisschen Action zu erleben, um aus dem Büro zukommen."
Jim lachte "Sicher nicht, die Zeiten sind vorbei, obwohl ich Diese ab und zu vermisse.
Hör zu, ich habe ein schwerwiegendes Problem, welches gelöst werden muss, somit dachte ich an dich, du bist der richtige Mann um diesen Job zu erledigen, wird sich auch garantiert lohnen in finanzieller Hinsicht, da du ein alter Armeefreund bist, werde ich dich, um noch einiges besser bezahlen.
Wir müssen uns dringend treffen, wohnt du immer noch in Philadelphia?"
Beim Wort bezahlen erhellte sich seine grimmige Miene von Francis. Zuerst wollte er das Gespräch schnell erledigen um wieder an die Bar zu seinem Drink zurück zu kehren. Er brauchte dringend Geld, da kam ihn der Anruf von Jim Stayli gerade richtig, zur richtigen Zeit, wie man so schön zu pflegen sagte. Was wollte er genau von ihm, er hatte überhaupt keine Ahnung vom Finanzwesen.
„Nein Jim, ich wohne in einem Aussenbezirk von Chicago, um was geht es überhaupt, muss wichtig sein, ich merke es an deiner Stimme?"
Mit der Zeit merkte Francis, wie es ihn immer mehr in die Bar zurückzog. Er riss sich zusammen um am Gespräch zu bleiben, ermahnte sich, dass Dies, eine grössere Chance sein könnte, welche nicht mehr so schnell auftauchen würde, wenn überhaupt, um wieder Fuss zu fassen.
Zudem hatte er, auch schon ein gewisses Alter

erreicht. Er wusste ganz tief in seinem Inneren, dass der Alkohol und seinen Frust seinen Tribut fordern würde, mit seinem Tod, wenn er so weiterlebte. Komischerweise war, und wird es nicht die Armee sein, wie sarkastisch.

„Francis, ich werde dir Alles Weitere erklären beim zusammentreffen, OK? Passt es dir um 10.00 Uhr morgens an diesem Mittwoch in Chicago, in einem Restaurant oder Bar, in der Nähe vom Flughafen, um über die alten Zeiten zu reden, um dann zum geschäftlichen Teil rüber zu gehen?"

Francis hatte nicht an so ein schnelles Treffen gedacht, es musste wirklich, eine wichtige, dringende Angelegenheit sein, wobei es ihm in den Sinn kam, dass es irgendwas mit seinen Fähigkeiten von der Armee auf sich hatte.

„Tut mir leid, "log er", ich habe einen wichtigen Termin am Morgen, wäre um 14.00 Uhr am Mittag für dich OK?"

Für Francis Tenner war 10.00 Uhr zu früh, da stand er gerade meistens auf, wobei er seinen alltäglichen Kater und Alkohol verdaute und heraus schwitze, bis er in die Gänge kam, anstatt mal einen verdammten Sport nachzugehen für seine Gesundheit.

„Also gut, ist in Ordnung um 14.00 Uhr, ich gebe dir die Angaben über den Treffpunkt bekannt, vergiss nicht dein Handy einzuschalten und sei bitte erreichbar, ich freue mich sehr auf ein Treffen."

„Freue mich auch, der alten Zeiten wegen, Jim."

Nach den üblichen Abschiedsworten, beendeten sie das Gespräch und legten gleichzeitig Beide den

Hörer auf.

Francis konnte sein Glück nicht fassen, durchlief die Menschenmenge, teils die Leute beiseitestossend zurück an die Bar. Bestellte sich ein Bier mit einem doppelten Whisky und lies sich in seine Gedanken fallen.

Er konnte es immer noch nicht glauben, dass höchstpersönlich Jim Stayli ihn anrief, nicht nur Das, er brauchte seine Hilfe und bot ihm einen Auftrag oder Job an. Keine Frage, er musste sich zusammenreissen, auf gar keinen Fall Alkohol konsumieren vor der Zusammenkunft, schon gar nicht während der Besprechung.

Er musste verdammt nochmal seinen Kopf beieinanderhaben, um die bestmögliche Bezahlung herauszuholen, und nicht wie ein versoffener Truthahn mit Jim zu kommunizieren.

Francis nahm sich am nächsten Tag vor, Sport zu treiben, wie auch ein militärisches Training zu absolvieren, um seine alten stählernen Muskeln zu trainieren und hauptsächlich das Gehirn mit frischen Sauerstoff zu füllen, anstatt mit Alkohol.

Ein schwieriges Unterfangen, wo gleich er noch einmal das Selbe beim Barkeeper bestellte. Dieser fragte ihn," Bist heute aber auch sehr nachdenklich?"

Francis bekam nicht mit, als ihn der Barkeeper ansprach, nachdem er die Bestellung vor Francis auf den Tresen stellte, kurzum, Dieser ging weiter seiner Arbeit nach um die Gäste bei Laune zu halten, sorgte dafür, dass der Alkoholpegel seiner Gäste nicht sank.

Francis dachte lange Zeit darüber nach, um was es für einen Auftrag sich handeln könnte und konnte, es musste irgendwas mit seinen Fähigkeiten von der Armee sein. Hatte Jim private Probleme oder kam der Auftrag direkt von der Bläckybank.

Er beliess das Grübeln, denn ihn brachte es nicht weiter, er würde es schon zeitig genug erfahren, spätestens am Mittwoch um 14.00 Uhr in seiner Stadt Chicago.

Francis blieb noch eine Weile sitzend, in und an der Bar, bis 2.00 Uhr morgens in der Nacht, bis er schwankend nach Hause ging.

Wie verläuft die Geschichte mit dem ex-Football Spieler Sen Kanter weiter?

Kann Jim Stayli, den ex-Soldaten Francis Tenner für die Ausführung des Auftrages gewinnen?

Hat Don Brenner mit diesem eigenen Entscheid gegen die Abstimmung vom Circle nicht über das Ziel hinausgeschossen?

Kommt es Schlussendlich, tatsächlich zu einer Erpressung von Danny Chester?

Weitere Fragen werden im nächsten und zweitletzten Buch der Trilogie HackerMan I (Circle the middle) beantwortet.

Ich freue mich, Sie beim Lesen und in meiner Fantasie wieder anzutreffen.....Bis Bald.......

Stephan Purtschert

Autor Purtschert Stephan

HackerMan

Trilogie

Circle the beginning

Circle the middle

Circle the end

Information zum Titel:

Willkommen in meiner Fantasie.
HackerMan ist durch einen wirtschaftlichen, 10-jährigen, persönlichen Hintergrund entstanden.
Fiktiver Thriller in der heutigen Zeit möglich und realistisch zugleich.
Spannung, Dialoge und Komplexität stetig steigernd.
Die Handlung und Geschichte spielt sich in der USA ab.
Der Inhalt: Konzernbosse, der 30 erfolgreichsten internationalen Konzerne der Welt, treffen sich in Boston um über einen Hacker-Angriff und einer möglichen Erpressung zu beraten, um dann schlussendlich eine Entscheidung zu treffen.
Präsident und Erfinder des Circles Don Brenner (Hauptfigur) geht seinen eigenen Weg. Die Situation gerät immer mehr aus der Kontrolle mit nachträglich fatalen Folgen. Vorerst möchte ich nicht mehr über HackerMan verraten.
Viel Spass beim Lesen …

Informationen zum Autor:

Wichtig ist das Buch und nicht der Autor.
Jedenfalls bin ich 46 Jahre alt und las schon seit meiner Kinder-und Jugendzeit Romane.
Schon seit einigen Jahren schwebt mir in den Hintergedanken einen Wirtschaftsthriller zu schreiben.
Nun da bin ich.
HackerMan ist durch einen wirtschaftlichen, 10-jährigen, persönlichen Hintergrund entstanden.
Ca. 80% sind Fantasie und 20% wahre Begebenheit.
Viel Spass beim Lesen ...

Stephan Purtschert